HERBERT JÄGER

CHROM-Y ixi
UND ANDERE GESCHICHTEN

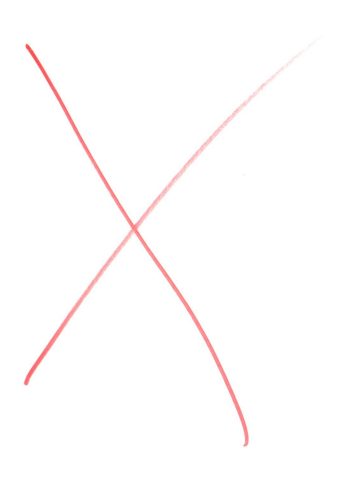

Herbert Jäger

CHROM=Y IXI

und andere Geschichten

Illustriert
von Regina Matt

KORE

Herbert Jäger, geb. 1930, *war vielbeschäftigter Photograph und Unternehmer, bis er seine Firma 1990 verkaufte, um sich nur noch der künstlerischen Seite dieses Handwerks sowie dem Schreiben zuzuwenden. Das erste Kinderbuch des ambitionierten Hobbykochs, «Schottische Bauernsuppe», war bereits nach kurzer Zeit vergriffen. Für seinen «Chrom-y» wünscht er sich, noch viele weitere lustige wie besinnliche Geschichten um den kleinen Verwandlungskünstler erfinden zu können.*

Regina Matt, geb. 1964, *stammt aus Segeten im Hotzenwald, lebt in Freiburg, arbeitet als Heilerziehungspflegerin und studiert an der Freiburger Graphikschule.*

CHROM-Y IXI

Es war kurz vor drei Uhr, Zeit zum Kaffee trinken, als ich es zum ersten Mal sah. Aber was war es denn eigentlich? Beim näheren Hinsehen vermochte ich ein Wesen, kaum so groß wie eine kleine Ziege, zu erkennen. Nur war es aber keine Ziege. Überhaupt kein Tier. Aber was es alles konnte – prrr – ein richtiger Künstler: Figuren, einen Strauch, einen Busch, einen Baum, Blumen, Blüten, Tiere allein durch eigenartige Bewegungen seines Körpers zaubern, wie ein kleines Zicklein munter treppauf, treppab springen, als kleiner Mann mit Hut oben auf der Treppe stehen. Es konnte sich sogar einfärben. Nur sprechen schien es nicht zu wollen oder nicht zu können; aber das war auch gar nicht so wichtig, denn es bewegte sich ja dauernd – ich dachte: «Das gibt's doch gar nicht!»

Es hatte schalkhafte braune Augen, einen zu groß geratenen Mund, Ohren, die es länger und kürzer machen konnte, ganz wie es ihm beliebte. Auf einmal gebärdete es sich wütend und wurde blaugrün mit einem Schuß Zinnober. So klein es auch war, es konnte zum Fürchten aussehen. In der nächsten Sekunde verwandelte es sich in eine gelbe, dann in eine metallisch-glänzende Kugel und rollte ohne ein Geräusch mit einem Affenzahn die Treppe hinunter. Zack, kam es unten an, machte sich von den Beinen über den Körper bis zu den Ohren sooo lang, winkte mir zu – und verschwand dann mit einem «Plupp». Es hatte sich in Luft aufgelöst, oder in sonst was.

Vielleicht kommt es von einem anderen Stern, dachte ich. Niemals zuvor hatte ich so etwas gesehen; und alles war so schnell gegangen, denn es war immer noch kurz vor drei, genau wie vorher. Dabei mußte doch Zeit vergangen sein. Es war aber keine vergangen – seltsam.

Mir schien, als müßte ich diesem Verwandlungskünstler einen Namen geben. Ich wußte aber immer

noch nicht, was es war: eine Sie, ein Er oder ein Es. Nur, daß es sehr beweglich war und alle möglichen Formen und Farben annehmen konnte, das wußte ich.

Ein interessanter Name, in dem Farbe vorkommt, könnte passend sein, dachte ich, zum Beispiel Chrom, weil «Chrom» im Griechischen Farbe bedeutet und für die interessanten Sachen immer griechische Wörter genommen werden; dazu ein «y», weil die klugen Leute stets ein «y» schreiben, wenn sie nicht Bescheid wissen, das erschien mir alles ganz einleuchtend. Also nannte ich das Kerlchen Chrom-y und fragte mich, ob ihm sein neuer Name gefallen würde.

Ich fühlte, daß sich Chrom-y immer noch unsichtbar in meiner Nähe aufhielt. «Wo steckst du, Chrom-y?» rief ich und hörte ein kleines Geräusch wie «ixi, ixi» als

Antwort. Mit einem Mal stand Chrom-y als Kiefer-latsche vor mir, lachte mir freudig mit seinem breiten Mund zu, winkte – und war schon wieder verschwunden. Wieder war es sehr schnell gegangen – das letzte «ixi» lag noch in der Luft. Die Kieferlatsche hatte sich irgendwie in der Umgebung aufgelöst, fast wie ein Chamäleon. Ich schloß also, daß Chrom-y sein

Erscheinen mit «ixi, ixi» ankündigt, dann kommt und geht, ohne daß das Zeit kostet. So nahm ich mir vor, auf das nächste «ixi» aufzupassen und fand dabei, daß «ixi-Chrom-y» auch kein schlechter Name wäre.

Laut sprach ich ihn aus, und schon war er wieder da: dieses Mal als kleine Fichte. Er schritt die Treppe draußen im Garten hinunter, schwenkte grüßend seine

Baumkrone, winkte links und rechts mit seinen Zweigen, die jetzt schon wie Ohren aussahen – und verwandelte sich in eine Seifenblase. »blubb-blubb», platzte diese, und die Regenbogenfarben Rot, Orange, Gelb, Grün, Blau, Violett wirbelten kurz durch die Luft. Doch «schwupp» hatte der Spuk schon wieder sein Ende.

Unsere Zick-Zack-Steintreppe lag wieder grau vor

mir. Nur die Sonne glänzte da und dort an einer Kante, wodurch die Treppe sehr lebhaft aussah.

«Ixi, ixi, ixi», wie ein Verrückter gebärdete sich Chrom-y. Als farbiger, exotischer Vogel, einem Papagei sehr ähnlich, hüpfte er von Ast zu Ast, von Baum zu Baum. Die Farben auf seinem Gefieder änderten sich je nach seiner Geschwindigkeit: rot, gelb, grün bei langsameren Bewegungen. Wurde er aber schneller, sah er sofort blaugrün, purpurn und violett aus. Plötzlich weiß, schwarz, weiß, schwarz, und – blubb – entschwand er wieder.

Immer und immer wieder dieses Spiel mit den Farben, dachte ich, ein Künstler, der normales Licht einfach so in die Regenbogenfarben verwandeln kann und dann auch noch unsichtbar wird.

Wieder war keine Zeit vergangen, stellte ich fest, und ich fragte mich, ob ich träumte. Sehr gerne hätte ich mit ihm gesprochen.

Chrom-y hatte inzwischen auch den Garten zu seiner Bühne gemacht. Er trat Pflanzen und Blumen auf die Erde, knickte dabei aber nichts ab. Doch auf einmal gab es einen Knall, und – o Schreck – vor mir stand ich. Er lachte wegen meiner Schreckhaftigkeit. Sein Mund war genau wie meiner, seine Augen, ebenso die Figur, die Kleidung einschließlich der Brille – mein Ebenbild, das mich da ansah und auf einmal laut und deutlich sagte: «Ich bin Chrom-y, und du bist Herby. Wenn Du mit mir reden willst, dann rufe mich. Mein neuer Name gefällt mir.» Er winkte mit seinem rechten Arm, worauf es wieder einen Knall gab und er wegplatzte.

«Mein Gott», dachte ich, «was könnte ich ihn denn fragen? Er kopiert mich und spricht sogar meine Sprache, er ist mein Doppelgänger. Wenn das nur mal gutgeht.» So richtig fähig, einen klaren Gedanken zu fassen, war ich überhaupt nicht. Chrom-y hatte mich doch sehr verwirrt.

«Wenn du mit mir reden willst, dann rufe mich», hatte er gesagt. Plötzlich wußte ich aber gar nicht mehr, was ich mit ihm reden sollte. Die üblichen neugierigen Fragen wie: Woher kommst du? Weshalb bist du so vielseitig? Bist du von einem anderen Stern? Gibt es noch andere wie dich? Bilde ich dich mir nur ein … und, und, und wollte ich nicht stellen. Wenn Chrom-y mir das sagen will, dachte ich, wird er es tun. Auf der anderen Seite aber wollte ich schon mit ihm sprechen, also rief ich ihn bei seinem neuen Namen.

«Chrom-y, ich würde gerne mit dir reden!» – «Ixi, ixi», leise vernahm ich es wieder, und schon stand er vor mir, die Hände in seinen Hosentaschen, mit einem noch breiteren Mund als vorher, seine braunen Augen blinzelten gegen das Sonnenlicht. Ein kleiner Junge mit Fausthandschuhen an den Füßen, einer knallroten Hose, einer Jacke mit aufgesetzten Taschen, in allen Farben schimmernd, und einem grünen Hut auf dem Kopf, der mit einer Feder herausgeputzt war. «Du willst mit mir reden?» fragte er mich, «Ja», antwortete ich ihm. «Und was willst du mit mir reden?» fragte er weiter. Nachdem ich nicht sofort antwortete, sagte er: «Du bist neugierig?» Ich sagte: «Ja, ich bin neugierig». «Was ist dabei?» erwiderte Chrom-y.

«Du veränderst dich dauernd, wirst bunter und bunter, dann zerplatzt du, und all das braucht gar keine Zeit! Wie geht so etwas?»

Chrom-y lachte über seinen breiten Mund: «Ixi, ixi, ixi. Das ist nichts Besonderes. Ich denke außerhalb der Zeit; nicht wie du, du denkst mit der Uhr – oder auch nach der Uhr. «Das interessiert mich», sagte ich zu Chrom-y. «Ich verbrauche eure Energie, um außerhalb der Zeit zu denken. Hier auf der Erde gibt es ja genug davon. Aber jeder braucht und verbraucht Energie, und wenn zuviel davon da ist, wird sie abgegeben. Wohin? Wer weiß das schon?! Ihr könnt zwar Energie messen und ein bißchen davon auch anwenden. Aber in wie vielen Arten und Formen sie sich zeigt, als Licht, Wind,

Strom, in langen Wellen, kurzen Wellen oder in mir, davon wißt ihr eben noch nicht so viel – ich komme bald wieder», sagte Chrom-y und war mal wieder verschwunden.

«Ich komme bald wieder», waren gestern seine letzten Worte gewesen. Inzwischen hatte ich einen ganzen Tag lang nichts mehr von ihm gehört.

Chrom-y gab mir viele Rätsel auf, eine richtige Lösung fand ich aber nicht. Deswegen stellte ich mir einfach mal vor, daß Chrom-y eine Art Sender und einen Empfänger hat, die auf einer ganz bestimmten «Wellenlänge» Schwingungen aufnehmen und weitergeben. Chrom-y wird also sichtbar, wenn sich zwei Wellenlängen, seine und meine, überschneiden. Welche das sind, wußte ich nicht, und ob das so stimmt, wußte ich auch nicht. Wie gesagt, ich stellte mir das so vor. War ich auf ihn «eingestellt» und sprach seinen Namen, dann war er plötzlich da. Aus dem Nichts erschien er, und er verschwand durch «Blubb-blubb»; oder er paßte sich mit seinem Aussehen dem Umfeld an, ging darin ein und war nicht mehr zu erkennen.

Während ich mir das alles so zurechtlegte, hörte ich Chrom-y sagen: «Herby, was erfindest du da für Sachen!» – Sehen konnte ich Chrom-y nirgendwo. «Wo bist Du ?» fragte ich – «Wenn Du mich nicht siehst, kannst Du Dich sicher besser konzentrieren», antwortete er von irgendwoher.

«Ich wußte nicht, daß Du auch Gedanken hören kannst!» sagte ich. Chrom-y antwortete: «Ich höre deine

Gedanken nicht, sie schwingen von ganz alleine zu mir.»
«Oh!» staunte ich, war aber auch ein bißchen beunruhigt, denn, stellt euch mal vor, solche Wesen sind auch um euch herum, und alles, was ihr denkt, schwingt einfach so zu ihnen hin. Sogar halb Ausgedachtes – traut man sich dann überhaupt noch was?

Da war es mir schon lieber, ich hatte meinen neuen Freund vor Augen: «Chrom-y ixi, zeig dich doch mal wieder!», was er sogleich tat. «Hier bin ich!» Und wie eine riesige grüne Gurke schwebte Chrom-y in der Luft, sein breiter Mund war zusammengekniffen, als würde er sich wegen etwas Bestimmtem besonders anstrengen, so dachte ich kaum, da hatte er mich schon wieder erwischt. «Ich sitze nicht auf dem Klo!» – «Nein», sagte ich, «du schwebst in der Luft und hast einen zusammengekniffenen Mund.» Nun lachte er breit über die ganze riesige Gurke, und plötzlich war die Gurke ein Kahn. «Bist du nun eine Gurke oder ein Kahn?» fragte ich Chrom-y. «Ich bin ‹Ixi›», noch breiter wurde sein Mund. Der Kahn wurde durch sein Lachen runder und runder, gelblich grün, jetzt orange mit roten und weißen Flecken, so etwa wie ein Mond, oder doch nicht? – «Ich bin auch kein Mond. Ich bin Chrom-y!» Nun begann die Kugel, inzwischen war es eine geworden, sich zu drehen. Immer schneller. Die weißen Flecken wurden zu Strichen. Meine Augen konnten den schnellen Umdrehungen nicht mehr folgen; die Farben vermengten sich immer mehr. Plötzlich war die Kugel nur noch weiß und flog wie eine Rakete in Richtung Sonne.

«Brr, das soll mal jemand Chrom-y nachmachen», dachte ich. «Das geht nicht», sagte eine weiß-schwarze Katze. «Mich kann niemand nachmachen, ich bin die Chrom-y-ixi-Katze.» Dabei machte er seinen Katzenschwanz länger und länger, verknotete ihn fein säuberlich und setzte sich auf diesen Schwanzknoten und lachte über seinen breiten Mund, so daß er sich wie ein Kreis um den ganzen Katzenkopf spannte. Seine Augen leuchteten erst blau, dann grün – schöne Katzenaugen. «Du bist einsam?» fragte die Chrom-y-ixi-Katze und schaute mich freundlich an. «Ich werde dich die nächsten Tage unterhalten.»

Allerdings verstrichen die nächsten zwei Tage, ohne daß von Chrom-y etwas zu hören oder zu sehen war. Doch daran, daß ich dauernd auf ihn wartete, merkte

ich, daß ich mich insgeheim sehr stark mit Chrom-y beschäftigte.

Plötzlich hörte ich ihn wieder sprechen: «Ich war die ganze Zeit um dich herum.» Seine etwas vorwurfsvolle Stimme kam von irgendwoher. Ich schaute auf Blumen, Büsche, Sträucher und Bäume – nichts. Nirgends konnte ich Chrom-y sehen. «Du warst so mit dir selbst beschäftigt, mit deinen Mini-Problemchen, die eigentlich gar keine sind, aber jetzt bist du ja wieder ansprechbar.» Und ich sah ihn auch. Als kleiner Mann saß Chrom-y auf einer Laterne, ließ die Beine baumeln und lachte zu mir herunter. Weil ihm die Sonne ins Gesicht schien, kniff er seine braunen Augen ein wenig zu. Chrom-y winkte mir zu, daß ich die Treppe hochkommen sollte. Ich zeigte auf

mich und dann auf ihn. Chrom-y nickte. «Es dauert ein Weilchen, bis ich oben sein kann», sagte ich. Chrom-y nickte wieder und lachte freundlich. «Ich warte», sagte er. Aufgeregt zog ich meine Sandalen an. Ich war gespannt, was Chrom-y von mir wollte.

Er saß immer noch auf der Lampenkugel. Seine Füße steckten in eigenartigen Blätterschuhen, die mit Schlingpflanzen zusammengebunden waren. Hose, Jacke und ein hutartiges Gebilde bestanden aus ähnlichem Material wie seine Schuhe, kurzum, er sah lustig aus.

Ich blieb zwei Meter vor Chrom-y stehen und wartete, was er von mir wollte. «Mit dir hat einmal alles angefangen», sagte er zu mir. «Ich weiß, das hört sich ko-

misch an, aber durch einen Gedanken von dir wurde ich
nach einer langen Kette von Verwandlungen zu dem, was
ich heute bin. Da ich aus der Zukunft zurückkam, um
dich endlich kennenzulernen, verbrauche ich auch keine
Zeit, wie du es ausgedrückt hast. Außerdem gibt es bei
uns das Wort ‹Zeit› gar nicht.» Was Chrom-y mir gerade
sagte – durch einen Gedanken von mir wurde er nach
einer langen Kette von Verwandlungen zu dem, was er
heute ist – da fehlten mir schon die Worte! «Was war das
für ein Gedanke?» fragte ich zögerlich. Chrom-y antwortete: «Ein guter Gedanke, ein Gedanke mit viiieel
Energie, ein Gedanke, der alles Mögliche befruchtet hat
– die Luft, das Wasser, die ganze Atmosphäre. Und dein
Gedanke war so stark, daß er dieses Sonnensystem
durchbrochen hat und sich mit anderen Gedanken von

fremden Galaxien zusammentun konnte. Das muß schon ein sehr großer Gedanke gewesen sein.»

«Aber welcher denn, ich erinnere mich gar nicht?» – «Das ist gut so – und heute auch nicht mehr wichtig.»

Chrom-y saß immer noch auf der Lampenkugel und ließ seine Beine baumeln.

«Ich will dir jetzt einmal zeigen, wie ich wirklich aussehe», sagte er zu mir. Es gab ein «ixi», und er verschwand. – «Hier bin ich», sagte Chrom-y, ich aber sah ihn nicht. – «Jetzt weißt du, wie ich aussehe!» rief er mir zu.

Ein Nichts, das alles kann, dachte ich kurz. «Ich bin kein Nichts! Ich bin Energie, Leben.» Er fragte mich: «Hast du schon mal eine Seele gesehen?» – Ich antwortete: «Nein.» «Kann man Strom sehen?» «Nein.» «Strahlen?» «Nein.» «Wind?» «Nein.» «Und du denkst, weil du mich nicht sehen kannst, bin ich ein Nichts!» «Du bist ... toll!» «Ich bin eben!» antwortete Chrom-y, zeigte sich wieder, diesmal als ein Begonienstrauß, drehte sich immer schneller und – blubb-blubb – flogen die Blüten in der Luft herum, wurden blasser, blasser und blasser ...

«Jetzt bin ich eine Feder. Gefalle ich dir?» «Möchtest du mir gefallen?» fragte ich zurück. «Ich bin eine farbige Feder», sagte Chrom-y, der auf meine Frage gar nicht eingegangen war. «Ich kann fliegen – luftreiten.» Chrom-y saß nun als Reiter auf der Feder. An seinem Hut steckte eine kleine blaue Blüte, und seine Zügel bestanden aus dürren Weidenzweigen. Zünftig sah er aus, frech schauten seine Augen, und sein breiter Mund lachte mir entgegen. Man sah so richtig, wie er sich freute.

Chrom-y schaukelte auf, ab, auf, ab – wie eine Schiffschaukel auf dem Jahrmarkt es tut. Dann ließ er eine dünne Schnur aus seiner Hand zur Erde gleiten. Die Feder stieg dabei höher und höher. Chrom-y schwang sich herab und glitt schwingend und zappelnd an der Schnur zur Erde herunter. Die Feder stand wie ein Drachen am Himmel. Auf einmal zog Chrom-y so fest an der Schnur, daß die Feder wie ein Sturzflugzeug heruntersauste. Feder und Schnur drehten sich nach ihrem Absturz wie irr am Boden, sprangen hin und her, wickelten sich um Chrom-y herum und flogen zusammen hoch in die Wolken.

Meine Gedanken waren noch beim luftreitenden Chrom-y, da war er schon wieder da. «Hier bin ich.» Erschrocken drehte ich mich in die Richtung, aus der jetzt seine Stimme kam. «Wo steckst du?» «Hier!» Ich suchte, ob diese Heuschrecke da vielleicht …? «Ja, genau getroffen. Jetzt sehe ich wie eine Heuschrecke aus.»

«Als Feder hast du mir besser gefallen! Als Heuschrecke bist du mir zu klein», sagte ich spontan. «Mit einem kleinen Springinsfeld kannst du wohl nichts anfangen», sagte er, «von den ganz Kleinen bin ich aber immer noch einer der Größten. Es gibt unzählige Billionen Kleinere.»

«Wie kann man sie, wenn sie unzählbar sind, zählen?» fragte ich ihn. Die Chrom-y-Heuschrecke machte einen Riesensatz auf ein Birkenblatt und betastete interessiert das Holz dieses Baumes. Unvermittelt sagte sie: «Birkenrinde kann man draußen, auch wenn es feucht ist, gut zum Feuermachen nehmen, merke dir das.» Wenn Chrom-y das sagt, wird es schon stimmen, dachte ich. «Wollen wir zusammen etwas trinken?» fragte ich ihn. «Vielleicht» antwortete er, «ich brauche aber kein Wasser!» – «Ich dachte an etwas Alkoholisches.» – »Brauch' ich auch nicht – vernebelt euch Menschlein nur die Köpfe. Ihr bekommt dadurch schnell einen ‹ixi›.»

Plötzlich wurde er ganz ernst: «Wichtig ist, zu verstehen, was im Leben wichtig ist, nicht, was einem wichtig erscheint.» «Aber was glaubst du, was wichtig im Leben ist?» fragte ich leise. «Die Kinder sind wichtig. Sie wollen geliebt werden, besonders die schwierigen, die wollen noch ein bißchen mehr geliebt werden und daß man Zeit für sie hat und ihnen hilft. Es ist so einfach: Verständnis, Liebe, Aufmerksamkeit, Verständnis …

Und schon, ohne Ankündigung, wie hingezaubert, saß Chrom-y auf einer Schaukel und genoß freudig das Auf und Ab, scheinbar auch das Kribbeln im Bauch.

«Das ist schön, so hin- und herzupendeln wie an einer Wanduhr. Den Kindern muß das einen riesigen Spaß machen – mir aber auch», und während er das sagte, sprang er schon in hohem Bogen von der Schaukel, landete, stemmte beide Hände in die Hüften, blieb breitbeinig stehen und schaute zur Sonne. Ich folgte seiner Blickrichtung und fragte mich, ob dort etwas Besonderes sei.

Chrom-y zeigte mit dem Finger zur Sonne, schaute mich dabei an und sagte: «Wenn in euren Breitengraden die Sonne am höchsten steht, dann ist dort Süden, im Rücken hat man Norden, links Osten und rechts Westen. Bei Nacht, wenn der Himmel voller Sterne ist, kann man den Polarstern sehen. Da ist dann Norden, im Rücken Süden, links Westen und rechts Osten, es ist gar nicht so schlecht, wenn man das weiß.»

Chrom-y setzte sich in den Schatten eines kleinen Ahornbaumes. Ich fragte ihn: «Wie weit ist der Südpol vom Nordpol entfernt?» Chrom-y gab auf meine Frage keine Antwort, murmelte jedoch, so daß ich es gerade noch verstand: «Wer's weiß, wird's wissen.» Mit einem verschmitzten Lächeln sagte Chrom-y so vor sich hin: «Jeder Mensch hat irgendwelche Sachen im Kopf; im Magen, Darm, im ganzen Körper hat er andere Sachen.

Das eine ist so wichtig wie das andere. Oder ist das eine doch wichtiger? Wer's weiß, wird's wissen!»

Laut sagte er zu mir: «Ich habe weder einen Darm noch ein Gehirn. Du dagegen hast das alles, kommst aber beim Nachdenken darüber, was wichtig ist, schon ins Grübeln. Paß auf, daß du nicht das Nachdenken über den Sinn und Unsinn vom Lernen fürs Leben und vom Lehren über das Lernen fürs Leben vergißt.»

«Wie soll ich das nun wieder verstehen?» fragte ich ihn. «Vielleicht wäre für euch Menschen das Lernen fürs Überleben wichtig, kannst du dir das vorstellen?»

«Chrom-y, das wäre eine Aufgabe für die Erwachsenen, nicht für Kinder», sagte ich. «Ich weiß», antwortete Chrom-y und ging vor mir mit einem lauten «Ooooh-huuu» in einer riesengroßen Seifenblase auf. Ich mußte mindestens zwanzig Schritt zurücktreten, um das riesige Ding, das wirklich eine Seifenblase war, in seiner ganzen Größe sehen zu können.

Chrom-y steckte wie immer voller Überraschungen. Die Seifenblase schillerte in allen Farben und hatte die Größe eines kleinen Hauses. «Ha-haaa», blödelte Chrom-y, «ich bin der modernste Besprechungsraum auf der Erde. In mir dürfen Politiker und Wirtschaftsbosse Verhandlungen führen, Verträge schließen, neue Gesetze schreiben und über Steuern streiten. Mein Name ist nicht Seifenblase und nicht Chrom-y. Mein Name ist ‹Ooooh-huuu›! Außerdem bin ich einzigartig und beweglich, ich kann rollen und fliegen und bin ungeheuer modern eingerichtet.

Wer in mich hineinschauen will, kann das. Wer hören will, was in mir gesprochen wird, braucht nur zuzuhören, jede Sprache wird verstanden, ich bin durchsichtig. Wenn Politiker oder andere in mir lügen, leuchten hinter den Lügnern rote Lämpchen auf. Hat es jemand auf drei rote Lämpchen gebracht, fliegt er raus. Er wird mitsamt seines Stuhls und einem lauten ‹Huuu› aus dem Besprechungsraum geschmissen. Anders ist es, wenn jemand etwas ganz Wichtiges und Gutes sagt. Das wird dann mit leuchtenden grünen Lämpchen und einem langgezogenen ‹Ooooh› belohnt.

Bin ich nicht ein toller Besprechungsraum? Herrlich wäre», lachte Chrom-y, «wenn's ihn wirklich gäbe. Da wäre euer Politikzirkus komplett, und endlich hättet ihr auch etwas zu lachen.»

Chrom-y lachte über seinen Gedanken und lachte, lachte, wurde kleiner und kleiner. Eine sanfte Brise trug die Seifenblase davon.

In seiner unnachahmlichen Schnelligkeit war er allerdings sofort wieder zurück, stand vor mir, verbeugte sich mit spaßiger Überschwänglichkeit und sagte: «Schau mich an! Sehe ich aus wie ein Clown?»

«Du siehst tatsächlich aus wie ein Clown.»

«Schau mich doch genau an. Ich bin ein richtiger, seiltanzender Clown und spaziere über dieses Seil.» Und schon hing ein Seil fünf Meter hoch in der Luft.

Chrom-y sang: «Ich bin ein Clown, ein tanzender Clown, spaziere über das Seil und springe hopp, hopp, hopp di-hopp.» Chrom-y sprang locker wippend und Saltos schlagend von links nach rechts, von rechts nach links. Hopp, hopp, hopp di-hopp. Er grinste über sein ganzes Chrom-y-Gesicht. Seine Augen blickten lustig auf mich herunter, hopp, hopp, hopp di-hopp. Er drehte einen dreifachen Salto rückwärts und blieb wippend und lachend auf dem Seil stehen.

Langsam, aber sehr elegant, hob er das linke Bein gestreckt in die Höhe bis zu seiner Nasenspitze. Dann ging's wieder runter mit dem Bein auf das Seil, dann das rechte Bein, schön langsam und gestreckt nach oben. Wie das aussah: links, rechts, links, rechts. Elegant und graziös drehte Chrom-y noch eine Pirouette und schritt anschließend in der Luft weiter – ohne Seil. «Das sind meine Schritte in die richtige Richtung. Diese Richtung schaffe ich ohne Seil unter den Füßen und mit geschlossenen Augen. Hopp, hopp, hopp di-hopp», und er verschwand.

«Chrom-y, weder brauchst du etwas zu essen noch zu trinken. Du lebst von … Energie. Wir aber müssen essen und trinken, sonst geht sie uns aus.»

«Dann koche dir doch etwas», sagte Chrom-y, «und ich schaffe dir die schönsten Zutaten herbei.» Gesagt, getan. Schon lagen – wie hingezaubert – Zutaten in einer großen Vielfalt auf meinem Tisch. Ich traute meinen Augen nicht. Ich sah Fische verschiedenster Art, Fleisch vom Rind und vom Schwein, Geflügel, Wild, Gemüsesorten wie Bohnen, Erbsen, gelbe Rüben, Lauch, Fenchel, Krautköpfe, Kohlrabi, Spargel, Gurken, Pilze, Öl und Butter, auch Olivenöl war dabei, Eier, Mehl, Körner, Kartoffeln, Pfefferkörner, Salz, Essig, Salate, dann eine Menge frischer Kräuter wie Basilikum, Rosmarin, Thymian, Liebstöckel, Petersilie, Schnittlauch, Bohnenkraut, Majoran, Lorbeer, Koriander, Wacholder, Zitronen, Limonen, Rettiche, Knoblauch, Paprika, Zucker, Weine, Schnäpse und was weiß ich noch alles.

Chrom-y hatte nichts vergessen, nichts ausgelassen, was an Zutaten zum Kochen benötigt wird.

Das Märchen «Tischlein deck dich!» kam mir in den Sinn. «Kochen ist doch eine schöne Sache. Denk dir etwas Feines aus und mit einem ‹Klick› wird es schon werden.»

Völlig erschlagen von diesem wunderbar gedeckten Tisch stand ich da und wußte nicht, wo anfangen. «Tja», sagte Chrom-y schmunzelnd, «beim Kochen und Essen kann ich dir leider nicht weiterhelfen», tat ein spaßhaftes «Klick» und war verschwunden.

Ich stand ohne zündende Idee vor meinen Kochzutaten, die wohl für ein ganzes Jahr ausgereicht hätten und hatte das Gefühl, dringend ein solches «Klick» zu brauchen.

«Chrom-y, du bist ein Wunder!»

«Ich bin kein Wunder», antwortete Chrom-y barsch, «ich bin für dich nichts anderes als eine ungewohnte Erscheinungsform.»

«Was sind denn dann Wunder?» fragte ich ihn.

Chrom-y saß in unbeschreiblicher Farbenpracht vor mir. Er war für mich ein perfektes, einmaliges Kunstwerk.

«Wunder sind in ihrer Art sehr mannigfaltig, und schon deshalb denkt man selten an ein Wunder, wenn man eines sieht. Es gibt klitzekleine bis riesengroße Wunder. Wunder sind in Gesten versteckt, in Worten, Gedanken und Begegnungen, weißt du das nicht?»

Chrom-y sprach mit trauriger Stimme weiter: «Wer schaut sich täglich die vielen kleinen Wunder an? Wer nimmt sich die Zeit, sie selbst zu erleben? Und wer hat das Glück, sofort zu wissen, daß das Gesehene und Erlebte ein Wunder war? Ich sage dir, Wunder werden deshalb nicht erkannt, weil keiner daran glaubt.» Chrom-y fuhr mit erhobener Stimme fort: «Glauben muß man daran, mit dem Herzen schauen, dann hat jeder das Glück, Wunder zu sehen und zu erleben. Ganz einfach ist das», sagte er und seine Formen und Farben wurden schwächer, leicht und luftig und verschmolzen mit dem Hintergrund – und das Chrom-y-Kunstwerk verschwand.

Mußte er immer so schnell verschwinden? Ich mochte das nicht, so schnell konnte ich nicht einmal denken; dabei heißt es doch, Gedanken seien schneller als Schall oder Licht. «Komm mit deinen Gedanken mit mir», sagte Chrom-y.

«Verwandelst du dich nur deswegen dauernd, weil es dir Spaß macht?» fragte ich. Chrom-y antwortete ein wenig bedächtiger als sonst: «Damit du mich siehst, muß ich mich als etwas verkleiden, was du kennst. Und ich habe gemerkt, daß du inzwischen viel aufmerksamer schaust, weil ich die Verkleidungen so schnell wechsle.»

Ich erkannte ihn sofort. Er stand als Wildsau am Waldrand. Die Borstenspitzen auf seinem Rücken waren genauso weiß von Rauhreif wie die Äste und Zweige. Von den Sträuchern blitzten Eiskristalle, das Gras glitzerte wie ein Zuckerteppich und der Boden war vor Kälte erstarrt.

Chrom-y grüßte mich mit einem freundlichen Grunzen. Ich blieb stehen. Also wirklich! Heute vormittag verspürte ich nicht gerade große Lust, in Gedanken auf ein Wildsauspiel mit Chrom-y einzugehen und sagte ihm das.

Chrom-y näherte sich mir währenddessen mit hohen und tiefen Grunzern und blieb zwei Meter vor mir stehen.

Er reagierte überhaupt nicht auf meine Vorbehalte. Er grunzte noch lauter, schaute mich mit seinen braunen Augen belustigt an und forderte mich mit einer graziösen Körperbewegung auf, ihm zu folgen.

Meine Neugierde war's, die mich dazu brachte, hinterher zu tappen. Chrom-y schlüpfte durchs nahe Gebüsch und drehte seinen Kopf, um zu sehen, ob ich ihm auch folgte. Ich ging immer noch vorsichtig und etwas zögernd hinterher.

Nach etwa hundert Metern war vor uns ein freier Platz, eine Lichtung, die ich bei meinen täglichen Streifzügen noch nie gesehen hatte.

Auf diesem Platz stand sie, mit rötlichen Borsten, mit Sattel und Zaumzeug angeschirrt, langbeinig wie ein Rennpferd: Eine Wildsau, mindestens dreimal so hoch wie Chrom-y. Sie scharrte wie ein Bulle, der zum Angriff übergehen will, mit den Vorderläufen, warf den Kopf nach links und nach rechts, nach oben und nach unten.

Sie stand mal auf den Hinter-, dann wieder auf den Vorderbeinen und gebärdete sich wie wild. Dieses ungewohnte Schauspiel war zum Bewundern und zum Fürchten zugleich.

Es mußte eine ungeheure Kraft in dieser Rennsau stecken, dachte ich mit einem Kribbeln im Bauch. Chrom-y forderte mich – wieder mit einer Körperbewegung – auf, die Rennsau zu besteigen. Ich aber hatte Angst und zeigte ihm das auch: Ich wollte auf dieser Sau nicht reiten, nicht einmal probeweise darauf sitzen.

Chrom-y schüttelte wegen meiner Ängstlichkeit seinen Wildschweinkopf, und ich glaubte in seinen Mundwinkeln ein leichtes Grinsen zu sehen. Also dachte ich, es würde mir schon nichts passieren; wenn mich diese Sau abwerfen sollte, würde ich es schon überleben.

Mit diesen Gedanken und all meinem Mut stieg ich in den Sattel, und schon ging die Post ab. Ohne Anlaufschwierigkeiten, mit einer unvorstellbaren Geschwindigkeit, drehte sich diese Rennsau auf einem Bein. Wer denkt schon an so etwas! Büsche und Bäume sausten an mir vorbei. Ich dachte irgendwann, mein Gehirn würde mir davonfliegen.

Und plötzlich – mir war gerade noch klar, daß sich niemand, auch kein Tier schneller drehen kann – blieb die Sau mit einem furchtbaren Ruck stehen. Boing!!!

Mein Körper wurde heftig aus dem Sattel gerissen, und ich flog – mich überschlagend – in die Höhe, alles drehte sich nur noch, drehte, drehte und drehte.

Meinem Gefühl nach wurde ich länger, länger und länger. Ich hatte den Eindruck, ein überdimensionaler

Bleistift zu werden. Meine Arme umklammerten lianenhaft meinen dünnen Bleistiftkörper. Die Beine wurden mir zusammengewickelt und verknotet. Schreien konnte ich nicht mehr. Hilflos war ich diesem unvorstellbar schnellen Drehmoment ausgeliefert. Mir verging buchstäblich Hören und Sehen. Dann spürte ich, halb besinnungslos, wie das Drehen mit einem Ruck ein Ende nahm. Ich fiel senkrecht nach unten und hing wie ein weggeworfenes Bündel elend über dem Sattel dieser verrückten Sau.

Aber meine Hoffnung, daß dieser Ritt ein Ende hätte, war vergebens. Mit mir, der immer noch zusammengeklappt über dem Sattel lag, sprang dieses wahnsinnige Tier hoch in die Luft, bis zum Ende der Baumwipfel und drehte dabei Saltos nach vorne und hinten. Dann hielt die Sau wieder abrupt an und warf mich vor Chrom-ys Beine.

Da lag ich nun erst einmal. Ob meine Knochen sich noch genau dort befanden, wo sie hingehörten? Ich wußte es nicht. Chrom-y stand vor mir und grunzte vor Freude. Ich lag hilflos im Schnee und konnte immer noch keinen klaren Gedanken fassen.

Schwindlig war mir, und ich wußte, wenn ich jetzt aufstand, würde ich sofort wieder hinfallen. Also blieb ich einfach liegen. Ich sah noch, wie sich Chrom-y durch die mit Rauhreif bedeckten Äste zwängte und im Gebüsch verschwand. Auch war ich sehr überrascht, die Lichtung nicht mehr zu sehen. Die Rennsau war weg, die Lichtung war weg und Chrom-y ebenfalls. Nur ich lag noch da. Durchgewalkt, alles Linke schien mir nach rechts, das Unten nach oben gerutscht. Vielleicht war es auch anders? Der Druck und das Schleudern hatten meine Gehirnwindungen verdreht. Einmal fühlte ich diese Windungen aktiviert, dann schmerzte es überall in meinem Hirn, als wäre alles kaputtgedrückt.

Von überall her drangen nun Laute an mein Ohr, Töne in allen Variationen. Ein Durcheinander, ein unbeschreiblich wildes, aber großartiges Durcheinander von Tönen. Mir schien, als könnte ich – wenn auch nur kurz – die Tiere des Waldes, von den Würmern bis zu den Waldvögeln, plappern hören und verstehen.

Dann war es auf einmal wieder still, die Ruhe paßte nun auch besser zur Winterstimmung der Landschaft. Meine anfängliche Panik flachte zusehends ab und brachte mir das Gefühl von Ruhe und Frieden zurück, so daß ich mich wieder ganz auf meine blauen Flecken konzentrieren konnte. Ich stand zögernd auf; alles blieb ruhig und friedlich, nur ein wenig Wind raunte in den Baumwipfeln.

Was war eigentlich passiert? Was war das für ein verrückter Ritt gewesen? Chrom-y stand als kleiner Junge vor mir und fragte: «War das nicht toll?» – «So etwas Verrücktes kann auch nur dir einfallen», antwortete ich. Chrom-y lachte und hüpfte links, rechts, links, rechts auf seinen kurzen Beinen in den Winterwald, drehte sich nochmals nach mir um, winkte und verschwand.

Dann hörte ich ihn: «Ich, Chrom-y-ixi, bin kein Clown, bin nicht alt und nicht jung. Ich bin kein Mann, aber auch keine Frau. Vieles kann ich, ohne daß ich das eine oder das andere bin. Du sagst, ich sei ein Verwandlungskünstler oder gar ein Feld-, Wald- oder Luftgeist. Das ist schon richtig. Oft sehe ich aus wie etwas, bin es aber nicht. Bin nichts, was du kennst. Meine Verkleidungen machen mir einen Riesenspaß, und dir sollen sie Freude bereiten. Das ist es, was ich mit Energie meine. Wie oft wundere ich mich über die vielen guten Gedanken, die immer und immer mal wieder in euren Köpfen produziert werden, aber dann vertrocknen, weil ihr Angst habt, daß aus euren guten Gedanken etwas wird und eure Mitmenschen daran teilhaben.

«Ixi, ixi, ixi – Chrom-y-ixi!» Zwölf leuchtende, in verschiedenen Farben blitzende Windrädchen schwirrten in der Luft herum. Zu den zwölf kleinen Windrädchen gesellte sich mit lautem Chrom-y-ixi Geschrei ein größeres hinzu.

«Ich bin Chrom-y ixi – ixi – ixiiii!» Es schnurrte und ratterte und surrte. Die kleinen Rädchen wechselten immerzu ihre Farben und blitzten dabei hell auf. Dann bildeten sie gemeinsam einen Kreis. Das große Windrad drängelte sich von hinten in die Mitte und zeigte mit seiner Spitze nach oben.

Das schnelle Wechseln der Farben, das Blitzen und Rattern hatte ein Ende. Eine Windrädchenuhr hing in der Luft und zeigte die zwölfte Stunde an, während sie leise vor sich hinschnurrte.

«Du hast Ideen», sagte ich zu Chrom-y, «eine Windrädchenuhr.» «Sehe ich nicht toll aus!?» fragte Chrom-y. Und wieder surrten, ratterten und blitzten die Windrädchen in allen erdenklichen Farben. Aus der

Räderuhr wurde ein lustig aussehender Rädermann.

«Ich bin Chrom-y ixiii!»

«Chrom-y, du bist albern. Verschone mich bitte mit deinem Blitzen, Schnurren und Rattern. Dieser Krach und die immer neuen Farben der Rädchen machen mich ganz verrückt!»

Unbekümmert schnurrte und ratterte Chrom-y weiter.

«Willst du dich mitdrehen?» fragte er. «Das ist einfach herrlich!»

«Nein, Chrom-y, ich will nicht. Der Ritt auf deiner wilden Sau steckt mir noch in den Knochen. Ich glaube, das reicht mir fürs ganze Leben!»

Chrom-y lachte und sagte anschließend, «dann dreh ich mich allein»; schnurrte, blitzte und wechselte dabei munter die Rädchenfarbe. «Windrädchenenergie speichern», schnurrte Chrom-y, blitzte die überschüssige Energie ab und tanzte nach seiner eigenen Choreographie in der Luft, ähnlich einem Schwarm Mücken im letzten Abendlicht.

Dann löste sich das Rattern auf, die Farben und Bewegungen der Rädchen wurden wieder harmonisch. Sofort verwandelte sich alles. Das Schnurren wurde zu einer heimeligen, wunderschönen, ergreifenden Melodie. Sie klang nach Wind, nach allen möglichen Formen von Wind. Dann hörte man das Plätschern eines leichten Regens, dazwischen den verheißungsvollen Lockruf eines Vogels und das brummelige Grollen fernen Donners. Das Rauschen von Wasser und das leise Raunen der Blätter ließen in mir ein sehr angenehmes Gefühl aufkommen, zusehends entspannte ich mich:

«Was du alles kannst!» Ich war hingerissen. Mein kleiner Freund bewegte sich als tanzendes Windrädchengebilde in Richtung Wolken. Die Rädchen wurden kleiner und kleiner, und irgendwann sah ich sie nicht mehr. Die wunderschöne Melodie verabschiedete sich mit leisem Donner. Außerdem konnte man noch ein kleines, zärtliches «ixi» vernehmen, dann wurde es still. Aus dieser Stille heraus hörte ich nochmals seine Stimme:

> *Verbindet sich Ton mit Ton*
> *und Tönen, ist es Musik.*
> *Ähnlich wie in deinem Leben*
> *erst leise, dann lauter,*
> *teilt sich's dir mit,*
> *aber eh du richtig begriffen,*
> *verklingt es im All.*

Auf diese kleine philosophische Erkenntnis meines Chrom-y folgte leiser Donner, der darauf irgendwo in der Ferne verhallte, dann war Stille.

Keine Vogelstimme, kein Geräusch, kein Windhauch bewegte die Blätter. Es war, als hielte die Erde den Atem an.

DIE SONNENBLUME

Im 16. Jahrhundert kam ich von Amerika nach Europa. Die Biologen sagen, ich hätte hundert Geschwister!

Bei einem Teil meiner Geschwister bilden sich beim Erwachsenwerden eßbare Knollen unter der Erde, aus denen sogar Schnaps gebrannt werden kann.

Aus meinen Kernen wird auch Öl gepreßt, das heißt, ich bin nicht nur Vogelfutter.

Außerdem richtet sich mein blühender Blick in Richtung Sonnenaufgang und das ist, wir wissen es alle, Osten. Dadurch bin ich eine gute Orientierungshilfe.

Gut aussehende Blumengestecke kann man aus mir gestalten.

Ich habe den Verdacht, daß die Lebensmittelindustrie und andere Bereiche mich auch noch zu «Was weiß ich» verarbeiten.

Es war Nachmittag. Ein kleines Flöckchen machte den Anfang, dann wurden es mehr und mehr. Die Flöckchen klammerten sich an Gräser, Zweige, Äste und Sträucher. Sie legten sich ganz sanft auf den Boden und machten dabei kein Geräusch. Der Himmel hing voller Schnee, und jeder, der sich draußen aufhielt, bekam etwas davon ab, ob er wollte oder nicht. In weniger als einer halben Stunde sah alles anders aus.

Der kleine Kater, der unter dem Vordach einer Scheune saß, hatte so etwas Schönes noch nie zuvor gesehen. Er beobachtete das ihm unbekannte Schauspiel neugierig und mit großen Augen. Sein Schwanz ging links, rechts, links, rechts, links, rechts, ganz aufgeregt hin und her. Seine Neugierde wurde immer größer, bald faßte er sich ein Herz und tappte vorsichtig auf die weiße Decke.

Eigenartig fühlte sich das an den Füßen an: Es war feucht, aber nicht naß, zwar kalt, aber angenehm zu gehen. Wie ein Storch hob er seine Beine und ging ein Stückchen, blieb stehen und schaute zurück. Seine Pfotenabdrücke waren auf der weißen Decke gut zu

sehen. «Ich kann Tapsen machen», freute er sich, ging
weiter und weiter, machte Tapsen um Tapsen.

Nun hatte er auch keine Angst mehr. Seine Schritte
wurden schneller und schneller – doch plumps lag er in
einem kleinen Loch. Verwundert schaute er sich um und
krabbelte heraus.

«Wo bin ich?» fragte der kleine Kater nun laut und
schüttelte den Schnee aus seinem Fell. «Was ist das für
eine weiße, andere Welt? Träume ich?» wollte er wissen.
Nachdem er mit der Zunge daran geleckt hatte, sagte er:
«Das schmeckt auch kalt! Aber im Mund ist's dann naß.
Was ist das?»

«Graa – das ist Schnee!», erschreckt schaute der kleine Kater nach dem «Graa»: ein schwarzer Vogel, der
aussah wie ein schwarzer Ritter. «Was hast du gesagt?»

fragte ängstlich der kleine Kater. «Das ist Schnee.»
«Schnee», wiederholte der kleine Kater so leise, daß
«Graa» es gerade noch hören konnte.

«Wenn man Angst hat, geht man im Winter nicht
allein in den Schnee!» sagte «Graa» zum Kater. «Ich
habe keine Angst», erwiderte der kleine Kater, «du hast
mich nur erschreckt.» – «Wenn man schreckhaft ist,
bleibt man auch zu Hause», sagte «Graa». «Außerdem
wird es bald Nacht, und ich muß zu meinem
Schlafbaum, Graa …», sagte er noch und flog davon.
«Ich kann Tapsen machen, aber nicht fliegen; vielleicht
lerne ich das auch noch», murmelte der kleine Kater vor
sich hin.

«Das würde mir gerade noch fehlen», zirpte ein kleiner Vogel, «eine fliegende Katze!» «Wer bist du denn mit deiner hohen Stimme? Bist du zum Fressen oder zum Spielen?» fragte der Kater. «Mit dir will ich nicht spielen, und zum Fressen bin ich schon gar nicht», piepste der kleine Vogel und flog auch davon.

Nun saß unser kleiner Kater wieder allein neben dem Loch, in das er hineingefallen war.

«Aber schöne Tapsen kann ich machen», sagte er stolz und schaute seinen Weg zurück. «Aber wo sind sie denn?» Die Tapslöcher waren beinahe bis oben wieder mit Schnee gefüllt. «Schnee ist das», sagte der kleine Kater, schüttelte noch einmal den Schnee aus seinem Fell – «brrr, brrr» – und machte sich auf den Heimweg.

DIE TRAUMWOLKE

Es war ein schöner Sommertag, als es passierte. Ein tiefblauer Sommertag. Es roch nach Gras, nach warmer Erde, blühenden Blumen und Wasser. Wind kam auf. Grashalme, Blumen und Zweige dienten den Käfern, Bienen und Schmetterlingen als Schaukeln.

Plötzlich stellten die Vögel ihre schrillen Unterhaltungen ein. Auch die Geräusche der anderen Tiere wurden leiser und leiser. Die Jungkäfer lärmten zwar noch ein wenig herum; aber bald lauschten sie, wie alle anderen Tiere, auf die Nachricht, die ihnen der Wind von Westen herbeitrug.

«Eine Wolke ist am Himmel», raunte der Wind, «eine kleine, weiße Wolke. Eine, die aussieht wie eine flauschige Feder.» Alle schauten nach oben – und doch sah niemand etwas. Die Tiere wunderten sich, denn bis heute waren alle Nachrichten, die der Wind herbeigeweht hatte, stets richtig gewesen. «Wir sehen keine Wolke», sagten die Tiere zum Wind. «Ihr müßt euch noch etwas gedulden, denn es ist keine gewöhnliche Wolke: Es ist eine Traumwolke.»

«Eine Traumwolke?» fragten die Tiere. «Ja, eine Traumwolke, die ausssieht wie eine flauschige Feder.» – Voller Erwartung richteten sich alle Köpfe wieder nach oben.

Da sahen sie sie alle. Im tiefblauen Himmel schwebte sie daher wie eine flauschige Feder, genau wie der Wind es den Tieren zugeraunt hatte. «Oooooh – ahhhh», alle staunten und freuten sich. Keiner hatte je eine so schöne Wolke gesehen.

«Wo gleitet sie hin?» fragten leise die Tiere, als hätten sie Sorge, die Wolke würde sich in nichts auflösen.

«Nach Osten!» – «Wo ist Osten?» – «Osten ist dort, wo die Sonne aufgeht», und der Wind raunte weiter: «Und bei Sonnenaufgang wird diese Traumwolke mit

einer großen Liebe beladen, und diese große Liebe darf sie mitnehmen.»

«Wohin bringt die Wolke die große Liebe?» fragten die Tiere nun immer neugieriger. «Überallhin!»

«Überallhin?» wiederholten staunend die Tiere. Der Wind raunte weiter: «Und wenn der Wolke die große Liebe zu schwer wird, puste ich ein kleines Stückchen und wieder ein kleines Stückchen davon ab. Wie Samen fallen diese Stückchen zur Erde, und egal wo und auf wen sie fallen, es wird immer wieder eine große oder ganz große Liebe daraus.»

Die Tiere waren damit zufrieden, setzten ihre unterbrochene Unterhaltung fort, die Jungkäfer lärmten und stritten wie vorher, Grashalme, Blumen und Zweige dienten Käfern, Bienen und Schmetterlingen als Schaukeln.

Der Himmel war tiefblau, es roch nach Gras, warmer Erde und blühenden Blumen.

DER SPIEGEL IM BAD

«**W**ürde der Duscher beim Duschen das Badfenster ein klein wenig öffnen, könnte ich mich im Spiegel weiterhin anschauen und meine Formen bewundern», sagte die Zahncreme zu einem feuchten Waschlappen, der einfach so rumlag.

Der Spiegel war vom Wasserdampf beschlagen, sein Glanz verblaßt. Matt und stumpf hing er da, traurig, traurig.

«Ich kann mich auch nicht sehen», sagte die Haarbürste. Die Kosmetikartikel drängten sich mit Geklapper zusammen, reckten und streckten sich.

«Wir können uns auch nicht mehr sehen», jammerten sie gemeinsam. «Wir auch nicht», kam Protest vom Spiegel gegenüber. «Ich auch nicht – und ich auch nicht», meckerten die Wandplatten mit ihrem schönen Dekor.

«Lärmt nicht so herum! – Ich bin schon Jahre lang an die Tür geschraubt», murrte der Haken übellaunig und ziemlich laut. «Der Bademantel hängt an mir, das weiß ich, aber wie ich aussehe, weiß ich bis heute nicht, noch nie konnte ich mich im Spiegel betrachten.»

«Jeden Morgen und oft am Abend, hauptsächlich dann, wenn es draußen etwas kälter ist, haben wir hier drinnen dieses Theater. Aus dem Fenster kann man nicht schauen, der Spiegel ist beschlagen, mit Wasserdampf zugehaucht», krächzte der Elektrorasierer. «Würde dieser Duscher das Fenster nur einen kleinen Spalt öffnen oder das Bad vorwärmen, wie alle vernünftigen Duscher das tun, dann wäre eine solche Wasserdampferei überhaupt nicht möglich. Meine krächzende Stimme wäre metallisch klar, vielleicht würde ich klingen wie eine singende Säge. Aber so ist das nicht möglich.»

«Ich habe diesen Wasserdampf gern», sagte die Badewanne. «Euer Gezeter deswegen geht mir schon lange auf die Nerven.»

«Du Wasserkuhle hast gut reden, läßt dich mit Wasser füllen, die Nackedeis hocken in dir herum, strampeln, reiben mich dabei hin und her, so daß ich immer kleiner werde», schimpfte die Seife. – «Jeder, wie er's verdient», murrte das Zahnputzglas. «Mich benutzt man auch als Wasserbehälter. Wenn ich Glück habe, werde ich anschließend sauber gemacht, meistens bleibe ich aber mit Zahncreme verschmiert stehen.»

Das Zahnputzglas giftete jetzt die Zahncreme so richtig an: «Du meinst, als Zahncreme in eine Tube gepreßt seist du gutaussehend. Mich aber verschmierst du ohne meine Erlaubnis, und dann nimmst du dir noch das Recht heraus zu meckern, weil der Spiegel beschlagen ist, du eingedrückte, verformte Tube.»

Die Zahncreme preßte mit großer Anstrengung die Druckstellen ihrer Tube nach außen und sagte herablas-

send nach heftigem Ein- und Ausatmen: «Zahnputz-
gläser, verschmiertes, billiges Glas, waren mir schon
immer verhaßt!»

«Ruhe mal endlich!» machte sich der Spiegel mit lauter Stimme bemerkbar. «Ich bin doch beschlagen und
blind, ich bin's doch, der den Schaden hat! Eure
Spiegelgafferei ging mir schon immer auf die Nerven. Ihr
gafft, die Duscher und Bader gaffen, schneiden mir sogar
Grimassen. Am liebsten würde ich platzen, in kleine

Stücke zersprangen – so klein, daß ich im Moment nicht
weiß wie klein.» Jeder hörte, daß der Spiegel nun wirklich böse und stocksauer war.

Alle hielten erschrocken inne, duckten sich wegen des
Spiegelgewitters, und sofort war es im Bad mucksmäus-
chenstill.

Das Duschwasser wurde inzwischen abgedreht, der
Duscher summte «Meine Oma fährt mit siebzig noch

Motooorrad – Motooorrad – Motooorrad» und rubbel-
te dabei mit einem Handtuch, das vor Freude quietschte,
seine Haut trocken.

Der Duscher öffnete das Fenster, der Dampf zog all-
mählich nach draußen, und der Spiegel wurde dabei heller und heller.

Als der Duscher in den Spiegel schaute, schnitt er
keine Grimassen. Der Spiegel war darüber sehr zufrieden. Allerdings war er auch sehr glücklich, immer noch
ein ganzer Spiegel zu sein.

EIN BLATT KANN FLIEGEN

Schön, goldgelb, mit einem Hauch Grün, hingen die Blätter plappernd an ihren Zweigen.

Plötzlich wurde, ohne Vorwarnung, ein Blatt durch eine Windböe vom Zweig geblasen. «Ich kann fliegen!» schrie es noch, und schon war es weit weg.

Hui, war das ein Gefühl! Höher und höher ging's, ein Prickeln, ein Drehen und Schaukeln: «Mir wird schwindelig!» Der Auftrieb war einfach toll. «Mein Baum ist schon kleiner als ich», versuchte das Blatt gegen den Wind zu brüllen. «Ob die mich unten hören? – Ich kann fliegen!» jauchzte das Blatt wieder und wieder, drehte Spiralen und flog noch höher. «Welch ein Gefühl, welch ein Erlebnis!»

Doch plötzlich war der Wind weg und der tolle Auftrieb auch. Ein angenehmes Abwärtsgleiten begann. Tiefer und tiefer schwebte das Blatt nach unten. «Mein Baum, der kleiner war als ich», dachte das Blatt, «wird größer und größer», und schon landete es mit einem raschelnden Geräusch unversehrt auf den anderen, schon am Boden liegenden Blättern.

«Habt ihr mich gesehen?» fragte das Blatt mit geschwellter Brust.

«Ja, wir haben dich gesehen, du wurdest kleiner und kleiner, du hast dich einfach in nichts aufgelöst. Wir hatten große Angst um dich. Jetzt sind wir aber beruhigt. Schön, daß wir gemeinsam mit dir hier unten hinwelken können.»

«Ich bin auch froh», sagte das Blatt erleichtert. Es wurde Nacht und sehr kalt, der Wind blies die Blätter, die sich am Boden zusammendrängten, noch mehr zusammen. Am frühen Morgen, als die Sonne auf sie zeigte, war kein goldgelbes Blatt mit einem Hauch Grün dabei. Die Kälte hatte sie alle braun gefärbt.

DU BIST MIR SO EINER!

Schwanzwedelnd stand ich vor meinem Herrchen. Sein im Hof bei uns zu Hause herumliegendes Vesperbrot hatte ich weggeputzt. Deshalb sagte er mit seiner angenehmen, melodischen Stimme: «Du bist mir so Einer!»

Gute freundliche Worte mochte ich schon immer; oder war es doch falsch gewesen, sein Vesperbrot aufzufressen? Nachdem ich nochmals – jetzt etwas länger – in seine Augen schaute, wurde mein Schwanzwedeln etwas gebremst.

Egal, geschmeckt hatte es super.

Ich selbst bin ein Hund, nicht groß, nicht klein; man sagt, ich hätte von allen etwas. Was damit gemeint ist, weiß ich nicht.

Mir ist das letztendlich auch gleich. Meine Zähne sind in Ordnung, ich bin schnell zu Fuß, und ein Zaun ist für mich kein Hindernis. Mein Fell ist, mit Ausnahme der wenigen hellbraunen Flecken, schwarz.

Mein Herrchen und andere wohlriechende – oder weniger wohlriechende – Zweibeiner nennen mich «Fleck».

«Fleck», diesen Namen finde ich sehr passend für mich. Gehe ich mit meinem Herrchen auf der Straße spazieren, drehen sich Hundedamen grundsätzlich nach mir um; er – ich meine mein Herrchen – findet dabei kaum Beachtung.

«Rrrwau, was will denn der in unserem Hof? Wau, wau, rrrau.» Das «Wau, wau, rrrau», in dieser Reihenfolge gebellt, war eine Warnung: «Vorsicht, noch einen Schritt weiter, dann beiße ich zu.» Das wußte jedes Kind, nur dieser Zweibeiner mit seinem komischen Hut tat so, als hörte er mich nicht; er ging einfach weiter. «Nun ja, wenn der zu blöd ist ...!» Ich bellte noch mal kurz, «rau, wau», letzte Warnung, und ran an seine Hosen und Ärmel! Das macht Freude! Mit einem mächtigen Satz war ich bei ihm, das laute Rufen meines Herrchens überhörte ich absichtlich. Ich wollte diesem Zweibeiner mit dem Hut einen richtigen Denkzettel verpassen.

Mit einem Ruck riß ich ein Stück Hose von seinem Oberschenkel und schnappte mit einer blitzschnellen Aufwärtsbewegung seinen rechten Ärmel und biß auch davon ein Stück ab. In Bruchteilen von Sekunden hatte ich das erledigt. Nächstes Mal würde dieser Zweibeiner stehenbleiben, davon war ich überzeugt.

«Fleck, aus!!» schrie mein Herrchen. Ich ließ sofort den zweiten Soffetzen fallen, behielt aber den jetzt etwas ramponierten Zweibeiner im Auge, wie man so zu sagen pflegt. Mein Herrchen schrie jetzt auch den Zweibeiner an: «Sie sehen doch, daß mein Hund frei im Hof herumläuft. Was wollen sie überhaupt?»

«Ich wollte fragen», kam es etwas kleinlaut, «ob sie mir diesen Hund verkaufen?»

«Waaas, ob ich ihnen diesen Hund verkaufe?» wiederholte mein Herrchen mit etwas eigenartiger, ungläubiger Stimme.

«Fleck, hast du gehört, was er will?» Ich hatte seine Stimme gehört, wußte aber nicht, was «verkaufen» bedeutet und behielt vorsichtshalber diesen Zweibeiner noch fester mit meinem Blick unter Kontrolle. Bei der geringsten Bewegung hätte er mich noch einmal richtig kennengelernt; aber er verhielt sich leider sehr ruhig.

Mein Herrchen brachte die zerrissene Hose und den

heruntergelassenen Ärmel nicht mit dem Wunsch dieses Zweibeiners in Einklang und fragte nochmals: «Ob ich ihnen meinen Hund verkaufe? Mein Hund ist nicht verkäuflich.»

Der Zweibeiner blieb immer noch ruhig stehen, ich hatte daher auch keine Möglichkeit, ihm eine zu fetzen. Ohne Grund tue auch ich so etwas nicht! Der Zweibeiner ließ nicht locker und sagte: «Dort liegt meine Kopfbedeckung, und sie besteht aus Tausendmarkscheinen – gültigen Tausendmarkscheinen», wiederholte er nochmals. Mein Herrchen nahm den seltsamen Hut in die Hand und tatsächlich, er war aus vielen bunten Tausendmarkscheinen zusammengebastelt.

«Ich biete den ganzen Hut für ihren Hund», sagte der Zweibeiner mit einem frechen Grinsen im Gesicht. Ich verstand zwar nicht, was geredet wurde, wußte aber genau, daß es um mich ging.

Mein Herrchen stand sprachlos da, was sehr selten vorkommt, zog ein braunes Papier von der komischen Kopfbedeckung, betrachtete es gegen das Licht und sagte nach langer Pause: «Der ist tatsächlich echt», prüfte nochmals einen zweiten und dritten und setzte sich dann langsam auf einen herumstehenden Stuhl.

«Wer sind sie, und was soll das?» fragte mein Herrchen. Ich war froh, daß er wieder reden konnte.

«Ich will diesen Hund kaufen, und dieser Hut gehört ihnen, wenn Sie ihn mir mitgeben.» Mein Herrchen sagte, nachdem er kopfschüttelnd einen Augenblick nachgedacht hatte: «So einen Hut gibt niemand für einen Hund aus. Sie müssen verrückt sein!» Diesem Zwei-

beiner, der immer übler roch, wäre ich gerne an die Kehle
gesprungen. Mein Herrchen dachte und dachte derweil
und sagte nach einer sehr langen Pause: «Fleck ist nicht
zu verkaufen, und jetzt muß ich sie bitten, mein
Grundstück zu verlassen.»

Der ramponierte Zweibeiner bekam seinen Hut wieder und ging nun langsam rückwärts. Als er weit genug

von mir entfernt war, drehte er sich blitzschnell um und lief davon.

Still war es im Hof geworden. Ich wedelte mit dem Schwanz, um mein Herrchen ein wenig aufzumuntern.

Es nützte aber nichts, sein Gesicht wurde kein bißchen freundlicher. Und mich ignorierte er ganz. Er schimpfte leise vor sich hin und ging langsam ins Haus.

Am nächsten Vormittag nahm er mich ins nahe gelegene Wäldchen mit, dort durfte ich immer laufen und konnte so richtig herumtollen. Plötzlich bekam ich einen wunderbaren Duft in die Nase und blieb wie angewurzelt stehen. Ich drehte mich in alle Richtungen und suchte den Ursprung dieses Geruchs.

Gar nicht weit weg von mir sah ich sie stehen: eine

Hundedame. Rehbraun glänzte ihr Fell, hübsch sah sie aus; so etwas Schönes hatte ich noch nie gesehen. Ich sprang auf sie zu – «ooh, riecht die fein!» Betörende Düfte hatte sie an sich. Sie schaute mich an, und ihre Bewegungen sagten: «Komm mit!»

Schon machte sie sich auf den Weg. Ich lief hinterher, vergaß mein Herrchen, hörte auch sein Rufen nicht mehr, vergaß mein Zuhause, nur zu ihr und mit ihr wollte ich gehen. «Die schöne Braune», so wollte ich sie nennen, lief immer noch voraus und ich hinterher, wie lange weiß ich nicht. Es ging über Wiesen, durch Wälder, runter ins Tal und rauf auf den Berg. Die Sonne war schon am Untergehen, die Schatten der Bäume wurden länger und länger. An einem kleinen Wasserrinnsal machten wir Halt und schlabberten gierig das frische, köstlich schmeckende Naß. Ich war begeistert, meine Gedanken reichten nur noch von mir bis zu ihr.

Die schöne Braune beherrschte mein Fühlen, Denken und Handeln. Nichts anderes hatte mehr Platz. Mit meiner nicht mehr nur feuchten, sondern vom Wassertrinken auch nassen Nase stupste ich sie in die Seite und leckte ihr Gesicht. Sie hielt still! «Es gefällt ihr», freute ich mich und ging ab sofort wegen der besseren Verständigung neben ihr. Als es Nacht wurde, kuschelten wir uns im dichten Unterholz zusammen und schliefen, ohne zu frieren, bis zum frühen Morgen.

Die Zeit verging wie im Flug. Wir jagten gemeinsam und hatten dadurch auch genug zu essen, und frisches Wasser gab es überall. Wir bewohnten eine größere, trockene Erdhöhle, die uns Wärme spendete. So verging der Winter. Vier Welpen, die inzwischen unsere Kinder waren, fraßen schon kleine Fleischstücke, tranken aber immer noch Milch bei ihrer Mutter.

Irgendwann fiel mir mein Herrchen wieder ein. Von da an dachte ich immer öfter an ihn und glaubte bald, es sei Zeit für den Rückweg. Meine schöne Braune verstand. Am nächsten Morgen waren wir schon sehr früh mit unseren Jungen auf dem Weg.

Nachdem Fleck sich seiner schönen, braunen Hundedame angeschlossen hatte und mit ihr verschwunden war, wurde Flecks Herrchen sehr traurig. Er ließ Fleck von der Polizei, von Förstern und Jägern suchen, gab in der Zeitung Inserate auf und fuhr mit seinem Auto in jeder freien Stunde die Gegend ab, aber keine Spur von Fleck – und kein Hinweis, von niemandem. Flecks Herrchen glaubte, nachdem er schon Monate lang erfolglos gesucht hatte, daß er Fleck nie mehr sehen würde.

Doch da täuschte er sich. Als er an einem Frühlingstag, spät abends, im Hof stand und zufällig die Straße hinunterblickte, da traute er seinen Augen nicht. «Fleck, bist du es wirklich?» – Fleck rannte stürmisch auf ihn zu, die Braune mit den Jungen hinterher. Von Freude überwältigt nahmen sie sich in die Arme.

Dann – nach einem erstaunten Blick auf die schöne Braune und die Hundekinder – sagte er leise zu Fleck, den er dabei fest an sich drückte: «Du bist mir so Einer!»

Alt und Allein

Ihr Mann war längst gestorben. Kinder und Enkel zu haben, war ihr leider nicht vergönnt. Heute ist sie alt, sehr alt. Wenn sie die früheren Freunde oder Verwandten besuchen will, kann sie das nur auf dem Friedhof tun. Ihre Gespräche mit ihrem Mann, Freunden und Verwandten führt sie bei ihren Friedhofsbesuchen des öfteren, aber solche Unterhaltungen sind – wir alle wissen das – sehr einseitig.

Kontakte pflegt sie keine. Warum auch? Sie lebt allein in ihrem Haus. Ihre jetzigen Gesprächspartner sind in ihrem Garten das Gemüse, die Blumen und Pflanzen, die Apfel-, Kirsch- und Zwetschgenbäume.

Diese Unterhaltungen sind aber eigentlich genauso einseitig wie die auf dem Friedhof. Gespräche ohne Antwort oder Widerspruch sind wenig anregend, und auf Dauer wird man verrückt dabei. Sie weiß das. Zum Ausgleich liest sie deshalb Bücher. Einkaufen geht sie nur dann, wenn fast alle Vorräte aufgebraucht sind.

Malwine heißt die alte Dame, es geht ihr im allgemeinen gut, und Appetit hat sie immer noch. Fleisch und

Wurst schmecken ihr allerdings nicht mehr besonders.

Täglich verschafft sie sich in ihrem Garten reichlich Bewegung, trinkt genug, eine kleine Gymnastik morgens und abends ist für sie selbstverständlich. Oft fühlt sie sich zwar etwas eingerostet, aber nach einigen Bewegungen geht's schon wieder etwas besser; 87 Jahre und 364 Tage ist sie alt.

«Morgen werde ich **88**, wer hätte das gedacht, eine Schnapszahl», lächelnd spricht Malwine das vor sich hin. «Wie lange habe ich eigentlich keinen Schnaps mehr getrunken, acht Jahre, oder sind es schon dreizehn? Morgen nach den Frühstück werde ich welchen trinken», beschließt Malwine mit fester Stimme. Sofort schreitet sie zum Schrank, holt eine Flasche Kirschwasser heraus und stellt sie auf den Küchentisch.

«Damit ich dich nicht vergesse.» sagt sie zu der vollen Flasche. «Morgen habe ich Geburtstag, und dein Geist wird morgen der frischen Luft ausgesetzt.»

Malwine schläft in der Nacht vor ihrem Geburtstag sehr gut. Morgens aufgewacht, denkt sie sofort an ihre Schnapszahl **88**. Fröhlich steht sie auf, macht kurz Gymnastik, wäscht sich, zieht sich an. «Fein siehst du aus», sagt sie zu ihrem Spiegelbild, geht in die Küche und bereitet sich ein herzhaftes Frühstück. Danach öffnet sie ihre Kirschwasserflasche und schenkt sich in einen Cognac-Schwenker einen klein-großen Schnaps ein. Einen Schwenker muß man auch schwenken. «Mhhh – riecht das gut.» Malwine nimmt einen kräftigen Schluck. «Hohhh – ist das stark.»

Das Kirschwasser brennt ihr in der Kehle, belebt sofort ihren Magen und läuft, so spürt sie, in alle runden Ecken. «Mhhh – das tut gut», denkt sie laut, trinkt das Glas leer und genehmigt sich zur Feier des Tages ein zweites. «Ich bin alt und allein, oft traurig und ohne Freunde, das soll ab sofort anders werden», nimmt sie sich vor. «So alt bin ich nun auch wieder nicht, und ein netter Mensch bin ich auch!» So plappert sie vor sich

hin, stellt währenddessen den Schnaps und die groß-
bauchigen Gläser in ihren Einkaufskorb, und schon ist
sie auf dem Weg nach draußen.

«Ich will doch mal sehen, ob mein Geburtstag nicht
noch ein interessanter Tag wird», denkt sie und klingelt
bei der Nachbarin.

Diese öffnet die Tür und ist ganz erstaunt, Malwine
zu sehen. Vermutlich durch den Schnaps ein bißchen
mutiger geworden, sagt Malwine: «Ich habe heute
Geburtstag, bin 88 Jahre alt und gebe einen aus.»

Schon ist eingeschenkt, für Malwine nur ein Glas mit
Wasser, «Prost!» Die Nachbarin trinkt aus Höflichkeit –
«mit meinen besten Wünschen ...», sagt sie noch, der
Rest ihrer Worte geht in Husten unter.

Malwine nimmt ihr das leere Glas aus der Hand und
denkt, «Schlechte Atemtechnik beim Trinken», laut sagt
sie aber: «Ab zwölf Uhr feiere ich Geburtstag, und ich
freue mich jetzt schon über ein kleines Geschenk, das sie
mitbringen. Auf Wiedersehen», und weg ist unsere
Malwine.

Die Nachbarin hat noch mit ihrem Husten zu kämp-
fen und ist kaum fähig, rechtzeitig zu antworten. Sie
denkt: «Sowas habe ich auch noch nicht erlebt. Gut hat
der Schnaps geschmeckt – um zwölf Uhr Geburtstags-
feier. Was schenkt man einer 88 Jahre alten Nachbarin?» Malwine unterdessen geht von Haus zu Haus,
schenkt Schnäpse aus, lädt zum Geburtstag ein, und
schneller als gedacht, ist die Flasche leer. Auf dem
Nachhauseweg überlegt Malwine, was sie ihren Gästen
anbieten könnte.

«Ich koche eine Schottische Bauernsuppe.» Sie holt den größten Kochtopf aus dem Keller und befreit diesen von Staub und anderem Schmutz. «Bis Mittag habe ich noch eine Stunde Zeit.» Ihre Schritte werden schneller – eine Suppe aus Resten –, alles, was für diese Suppe tauglich und im Haus und Garten ist, trägt sie zusammen: Kartoffeln, gelbe Rüben, Zwiebeln, Knoblauch, Kraut, Blumenkohl, Lauch, Gartengewürze wie Thymian, Liebstöckel, Petersilie, Sellerie, ein wenig Bohnenkraut, ein Stück roher Schinken hängt noch in der Vorratskammer, «den nehme ich auch dazu», Gemüsewürfel, Sahne, Sauerrahm sind auch noch da sowie Pfeffer und Salz.

Und schon geht's los: Kartoffeln schälen und hinein in eine Schüssel mit kaltem Wasser; gelbe Rüben schaben und auch dazu, Zwiebel kleinhacken, Schinken würfeln, Knoblauch schälen und zerdrücken, den Kochtopf heiß werden lassen. «Welches Fett habe ich noch?» überlegt sie. Ein wenig Olivenöl, ein wenig Butter – rein in den Topf, Hitze zurücknehmen, Zwiebeln und Schinken – rein in den Topf, Kartoffeln, gelbe Rüben kleinschneiden. «Sellerie habe ich vergessen», schälen und kleinschneiden, Zwiebeln und Schinken mit dem Kochlöffel hin- und herschieben. Und nun die harten Sachen rein, mit Wasser auffüllen und zum Kochen bringen.

Kraut und Lauch waschen, kleinschneiden und nach 10 Minuten rein in den Topf, dazu Thymian, Liebstöckel, Bohnenkraut und Gemüsewürfel. Blumenkohl wird in ganz kleine Röschen zerlegt und – nicht vergessen – drei Minuten vor Schluß darf er noch ein wenig mitkochen.

«Hui, beinahe bin ich fertig», Petersilie hacken und Schnittlauch kleinschneiden, «ich hab' doch noch altes Brot!» – Malwine schneidet eine große Menge Brotwürfel, gibt die restliche Butter in eine Pfanne, soooo … – und wieder langsam mit dem Kochlöffel hin- und herschieben.

«Köche machen das anders – aber ich bin ja kein Koch», schnell sind die Brotwürfelchen braun geröstet, die Pfanne wird auf die Seite geschoben.

Die Zeit vergeht wie im Flug. Es ist dreiviertel Zwölf, die Suppe ist fertig zum Abschmecken. Mit Salz aufpassen, weil gesalzener Schinken darin gekocht ist, Pfeffer, Sahne, Sauerrahm hinzugeben und gut verrühren. «Habe ich etwas vergessen?» – Petersilie hinein, Schnittlauch erst, wenn die Suppe im Teller ist, vielleicht noch ein wenig Muskat.

Malwine schlürft aus einem Löffel ihre Schottische Bauernsuppe: «Schmeckt recht gut … ein klein wenig Salz noch – hmmm – mit Fleischbrühe wäre sie vielleicht besser, aber dann wäre es auch keine Schottische Bauernsuppe.»

Punkt zwölf Uhr läutet es an der Tür. Malwine freut sich: «Es kommt wirklich ein Gast.» Ein klein wenig aufgeregt ist sie jetzt schon, geht aber sogleich die Tür öffnen: «Ohoooo …», soviel Besuch hat sie lange nicht mehr gehabt – zwanzig Leute stehen vor der Tür und halten Blumen und andere Geschenke in der Hand.

«Das ist aber eine Freude», hört sich Malwine sagen, «kommt bitte herein.» Alle drängeln durch den Flur in die Stube. «So viele Stühle habe ich ja gar nicht», sagt

Malwine ein wenig verlegen – «aber Schottische Bauernsuppe kann ich anbieten.»

Ein Besucher öffnet mitgebrachte Weinflaschen.
Malwine stellt Gläser auf den Tisch, die gleich gefüllt
sind. «Und nun trinken wir auf Malwines Schnapszahl.»

Eine Frau kostet die Suppe. «Fein schmeckt die», sagt

sie zu den auf dem Boden und auf Stühlen sitzenden
Gästen. «Malwine, wir brauchen Teller und Löffel, und
wenn nicht genug Teller im Haus sind, nehmen wir
Tassen und trinken die Suppe.» Malwine lacht, deutet
auf den Küchenschrank und sagt: «Ich habe genügend
Löffel und Teller.» Zwei Personen sind mit Suppe-

schöpfen beschäftigt. Lustig geht es zu. Nach dem dritten Gläschen Wein wird es so richtig gemütlich. Malwine
ist glücklich, und die Gäste bleiben bis nach dem Kaffee.
Als dann alle weg sind, denkt Malwine: «Ein schöner
Geburtstag – sogar das Geschirr hat man mir gespült –,
und ich alte Malwine wußte bis heute nicht, daß so viele
liebe und nette Menschen in meiner Nähe wohnen.»

DER UNTERGANG

Das letzte Stückchen Tag gibt im Moment der kommenden Nacht die Hand, bald ist es dunkel. Der kleine Streit, die Rangelei der Vögel um den angeblich besseren Schlafplatz ist auch vorbei. Der Mond steht noch groß und tief, sein Licht, gelblich weiß, bescheint alles, was draußen herumsteht. Eine eigenartige, gespenstische Stimmung breitet sich aus und kriecht, vom Wald kommend, in jede Ritze, über Straßen und Bäche, bis hinein in die Häuser.

Die Menschen werden unruhig, Angst hat sich mit dieser eigenartigen, gespenstischen Stimmung in die Häuser geschlichen.

Und plötzlich: «Brrrwumm, brrr, wummm – bum, bum, bum», die Erde zittert, dumpf und hohl kommen diese Geräusche vom Wald her.

Es ist zum Fürchten: «Cräsch! Wumm! Bumm! Brumm! Wumm! Humm!» Monoton und gefährlich hört es sich an. Immer lauter werden diese undefinierbaren, furchteinflößenden «Cräsch-Wumm-Bumm-Geräusche»; schon bebt die Erde.

Mein Haus steht am Ortsende, zum Wald ist es nicht weit. Ich renne in Panik vor die Tür, das «Cräsch-Wumm-Bumm» hört sich draußen so laut wie furchtbarer Donner an.

Das kann doch nicht sein, ich schreie so laut, wie ich kann: «Der Wald marschiert auf uns zu. Hilfe! Hilfe!!!» Die Nachbarn sind inzwischen auch auf die Straße gerannt. «Cräschbumm – wumm – wumm – brumm – cräschbrummwumm.»

Nicht nur ein oder mehrere Bäume stehen vor den ersten Häusern, nein, es ist der ganze Wald. Die Felder, Wege und Straßen sind zerstört, die Erde ist aufgewühlt vom Wurzelwerk der Bäume. «Wenn der Wald nicht stehen bleibt, zerstört er den ganzen Ort.»

Plötzlich ist es ruhig, Totenstille, kein Geräusch, keine Bewegung, sogar der Wind hält den Atem an. Ein Baum tritt vor alle anderen Bäume: «Wumm, brumm, wumm». Die Erde bebt, wir laufen zurück, um uns in Sicherheit zu bringen. «Brumm, wumm, stehenbleiben!» Eine Stimme, keine menschliche: «Stehen bleiben, ihr Menschen!» Der Baum meint uns! Wir bleiben ängstlich stehen.

«Ein sprechender Baum», denke ich panisch, «ein ganzer Wald, der in Bewegung ist, und ein sprechender Baum ...»

Und nun spricht der Baum, seine Stimme ist, als ob Äste aufeinanderreiben. Er spricht ruhig und sehr verständlich, laut, hölzern ...: «Wir werden euren Ort zerstören, die Straßen, Wege und Felder aufwühlen – dann ziehen wir weiter zum nächsten Ort, zur nächsten Stadt. Wir Wälder haben uns auf den Weg gemacht, um unserem Schicksal vorzugreifen. Ihr wollt uns mit eurem törichten Verhalten umbringen, ihr tut es immer mehr mit Dreck, Abgasen, Qualm und Gestank.

Meine Brüder und Schwestern sterben langsam und qualvoll. Seit Jahrzehnten redet ihr davon, uns zu helfen. Ja – redet, redet, redet; geschwätzig wie Sperlinge seid ihr.

Wir haben beschlossen, euch Menschen kaputt zu machen. Diese Sprache versteht ihr, denn sie ist die eure – Zerstörung! Wir helfen euch bei eurem Zerstörungswerk. Ein Teil von uns wird sicher verbrennen, ein anderer Teil vielleicht in Scheiben geschnitten, zerbrochen oder sonstwie vernichtet werden.

Es sind aber alle Wälder auf der ganzen Welt unterwegs, niemand kann uns aufhalten. Nichts wird ganz bleiben; während wir zugrunde gehen, wird euch die Luft zum Atmen ausgehen.

«Brumm – wumm – crätschwumm – wumm», die Erde erzittert, nochmals bleibt der Baum stehen und wiederholt seine Worte: «Diese Sprache versteht ihr – Zerstörung! Wir helfen euch dabei. Also, laßt uns sterben – alle, schnell! Brumm – wummm – cräschbrumm – wumm.»

Schweißgebadet wache ich auf, meine Hände zittern, so einen furchtbaren Alptraum hatte ich noch nie.

DIE MODE UND IHR SCHÖPFER

Graziös, jung und bunt, im Moment noch ein wenig ungewohnt, aber sehr ausdrucksvoll, tanzt sie im Licht. Ihre Bewegungen, ihre Formen und Farben sind Harmonie. Wie eine Göttin – voller Anmut und Eleganz – bewegt sie sich, eine geglückte Schöpfung. In ihrem Tanz ist nichts Aufdringliches. Sich mit so viel Schönheit zu bewegen, das ist der Wunsch aller, die sie sehen, und jeder will sie haben.

Plötzlich, ohne Übergang, ist das Licht weg, der Tanz ist zu Ende. Ein riesiger, grauer Schöpflöffel versperrt der Tänzerin den Weg.

«Ich bin dein Schöpfer», sagt er ihr.

«Du bist mein Schöpfer?» fragt die Tänzerin erstaunt. «Ich dachte, das Licht sei mein Schöpfer, das Licht empfinde ich als sehr wohltuend, angenehm, meine Farben leuchten, es haucht mir Leben ein. Wie sehe ich jetzt aus, – wie eine graue Maus?! Warum tust du das?»

«Du mußt in deiner Jugend altern», antwortet der Schöpfer, «und jetzt geh mir aus dem Weg.» Schon schüttet der Schöpfer eine andere Mode zum Tanzen ins Licht.

DAS URTEIL

«Hahn Hildebrandt, im Volksmund auch Gockler genannt, darf ab sofort wegen andauernder Ruhestörung am frühen Morgen nicht mehr krähen. Bei Nichteinhaltung dieses Gerichtsbeschlusses wird Hahn Hildebrandt zum Tode durch Abschlagen des Kopfes mittels eines scharfen Beils verurteilt.»

Fassungslos las Hildebrandt das Urteil. Sein Kamm schwoll sofort an und färbte sich knallrot.

Stolz, mit aufrechtem Haupt reichte er seiner Lieblingshenne Christine das Schriftstück zum Lesen. Christine las und las, las das Urteil nochmal, und als sie begriff, was da stand, gackerte sie laut und aufgeregt: «Oh Gott – oh Gott – oh Gott, ragagag, raaaagagag – oh Gott – oh Gott –, das ist schlimm – ganz arg schlimm. Mein Hildebrandt darf in der Frühe nicht mehr sagen, daß er unser Hahn ist, er darf auch nicht mehr rufen: Nachbar, wie geht's? Wenn er das noch einmal tut, wird ihm der Kopf mit einem scharfen Beil abgeschlagen. Oh Gott – oh Gott – oh Gott, raagagag, raaagagag.» Christine jammerte weiter: «Wir leben doch auf dem

Land, warum diese Verbote, Verurteilungen und schlimmen Strafen? Warum – warum – warum?

Unser Freund Bello erhielt heute auch so ein Schreiben, Bello kann aber nur bellen und nicht lesen, oh Gott – oh Gott – oh Gott – raagagag.»

Das Streichholz

«Hallo, mein Name ist Streichholz!» Eine angedeutete steife Verbeugung folgte, «Uralter Holzadel», nochmals eine steife Verbeugung zur Streichholzschachtel.

«Mein Häubchen ist schnell entflammbar», ein gewisser Stolz lag im Ausdruck der Streichholzstimme.

«So, so, schnell entflammbar ist dein Häubchen», antwortete die Streichholzschachtel mit brummiger Stimme. «Aber auch nur dann, wenn sich dein Häubchen an meiner Reibe entflammen kann.

Wenn du dein Häubchen an meiner Reibe reibst, dann wird's heiß, Funken sprühen und dein Häubchen brennt sofort – und du auch, mein liebes Streichholz.»

«Das ist aber interessant», sagte das Streichholz freudig zur Schachtel.

Die Schachtel brummte vor sich hin: «Einmal eine interessante Flamme, dann adelige Holzasche mit Schwefelteilchen, das war's. Interessant ist das für die Zuschauer, für dich nicht. Deine Vorstellung von uraltem Holzadel, wer hat dir diesen Unsinn in den Kopf gesetzt? Ich weiß», brummte die Schachtel weiter, «Verwandte

„mein Hänschen ist
schnell entflammbar"

angedeutete steife Verbeugung

„ Oh , abgezwickt "

„ einen Stammbaum habe ich "

haben wir auf der ganzen Welt, in jeder Ecke, über und unter der Erde. Glaubst du, weil du vielleicht, aber auch nur vielleicht von einer Baumkrone abgeschnitten sein könntest, bist du adelig?»

«Ich hatte gehofft», antwortete das Streichholz kleinlaut, «etwas Besonderes zu sein. Adelig zu sein, wäre für mich das Höchste. Eines weiß ich aber ganz genau», sagte es trotzig: «einen Stammbaum habe ich. Außerdem bauen Kinder mit meinen Geschwistern Rechtecke, Quadrate, Achtecke, Treppchen, Kirchen, Häuser, Werkzeuge, kleine lustige Männchen – das können sie mit dir Schachtel nicht machen.»

«Mein liebes Streichhölzchen, du, und auch deine Geschwister, sind kein Spielzeug für Kinder. Erst wenn das Häubchen abgezwickt ist, seid ihr für die Kinder da.»

«Oh, abgezwickt ... wie sehe ich denn dann aus?! Und wenn ich an die Schmerzen denke, nein! Dann bin ich lieber kein Spielzeug für Kinder!»

„das ist aber interessant"

„Glaubst Du vielleicht ...
du bist adelig?"

„du und deine Beerdwickel
sind für Kinder kein Spielzeug"

Samos

Samos ist ein Indianerjunge, der Natursprachen versteht und mit seinem Freund, dem Bach, auf Lebzeiten eine innige Freundschaft pflegt.

Die Morgendämmerung ist gerade vorüber. Wie schon so oft versperrt der im Tal hängende Nebel der Sonne den Blick auf den Bach.

Ein Windhauch bewegt den Nebel sachte hin und her. Der Bach, der sich durchs Tal schlängelt, geräuschvoll über kleine Steine springt und immer wieder Anstrengungen unternimmt, große Steine aus seinem Bett zu schieben, sieht wegen des milchig wattigen Nebels grau aus.

Die Sonne bildet jetzt oben am Ende des Nebels einen diffusen weißlich-gelben Fleck. Sie will den Nebel durchdringen, um ihr Licht über dem Bach auszugießen und ihm sein kristallenes Leuchten zu geben. Doch im Moment hat sie damit große Mühe.

Im Zusammenspiel von Wind, Nebel und Sonnenstrahlen entstehen schöne Nebel-Lichtbilder in dieser verzauberten Landschaft mit ihren weichen Konturen.

Der Indianerjunge sitzt wie so oft am Bach auf einem Stein und schaut diesem herrlichen Schauspiel zu. Aufmerksam verfolgt Samos das wechselhafte Spiel des Lichtes und der Farben. Auch er versucht, mit seinen Augen den Nebel zu durchdringen. Es gelingt ihm im Moment aber nicht. Samos weiß, daß die Sonne es bald

schaffen wird – so wartet er, schließlich hat er Zeit. Seine Füße baumeln im klaren, kalten Wasser. «Wenn der Nebel noch überallhin die Sicht versperrt, dann kann ich besser die Geräusche der Natur erlauschen», spricht Samos vor sich hin.

Samos, das muß man wissen, versteht die Sprache des Wassers, des Windes, des Nebels, der Tiere, der Bäume und Pflanzen. Sein Freund, der Bach, macht ihn im

Moment auf das Gestreite von Wind und Nebel aufmerksam, und Samos hört, wie der Nebel zum Wind sagt: «Wenn ich will, bin ich soooo dick!» worauf der säuselnd antwortet: «Und wenn ich will, blase ich dir ein mächtiges Loch in deinen wattigen Wanst.» Samos sah auch, daß der Wind gerne sofort losgeblasen hätte, aber durch seine säuselnde Art zu reden hatte er vergessen, rechtzeitig genügend Luft zu holen, und so blieb es beim Säuseln. Der Nebel lachte über das Scheitern des Windes und trieb sein farbiges Spiel mit der Sonne weiter.

Der Bach sagte zu Samos: «Nebel und Wind sind heute mal wieder wie händelsüchtige Sperlinge. Jeder denkt, mit seinem Gezeter und seiner Angeberei der Größte zu sein.»

Samos murmelt, so daß es nur der Bach hört: «Heute treiben sie hier ihre Spielchen, morgen woanders. Es sind

unruhige Gesellen, genau wie wir. Oft weiß der Wind nicht einmal, daß er schon ein Sturm ist. Ihr Schicksal hängt von so vielen Zufällen ab. Der Nebel braucht Feuchtigkeit, Wärme und für seine Geburt die Kühle der Nacht; und Kälte und Wärme lassen den Wind aufkommen. Du, mein Freund, benötigst die Mutter Quelle, und diese den Regen, damit du das werden kannst, was du bist – ein Bach.»

Das Spiel der Elemente, scheinbare Zufälligkeiten, Gegensätzlichkeiten und Mächte, die wir nicht kennen, bringen Bewegung und Leben, sagt sein Vater.

Laut sagt er zum Bach: «Ich bin froh, daß es dich gibt; daß ich dich jeden Tag fühlen und sehen darf. Du bist klar, auch wenn der Nebel dich manchmal grau aussehen läßt. Deine Stimme ist angenehm, beruhigend, und du schmeckst köstlich. Du bist ein Lebensquell.»

«Manchmal bin ich auch unangenehm. Wenn mir mein Bachbett zu klein wird, dann reiße ich schon mal einige Büsche und kleine Bäume um; und meine Stimme ist dann nicht beruhigend», antwortet der Bach seinem Freund. «Jeder muß sich immer mal wieder austoben. Das ist bei den Menschen und den Tieren zu sehen und zu spüren – warum sollte dies bei dir anders sein?!»

Samos sitzt noch immer auf seinem Stein. Der Sonne gelingt es inzwischen, mit kleinen Lichtstrahlen den Nebel zu durchdringen.

Plötzlich sieht Samos im Bachbett ein großes grünlichblaues Gesicht.

Die Augen dieses Gesichtes schauen ihn fest an. Der Mund beginnt sich zu bewegen, als wolle er etwas mitteilen. Siebzig Herzschläge lang bewegt sich der Mund sprechend, ohne daß Samos die Worte erahnen oder gar ablesen kann. Danach ist das Gesicht im Wasser, so plötzlich wie es erschienen ist, wieder verschwunden.

Samos spürt ein Frösteln unter der Haut. Auch ein wenig Angst hört der Bach aus Samos' Frage nach diesem Gesicht. Der Bach antwortet Samos leise, aber voller Respekt: «Dieses Gesicht, das du gesehen hast, gehört dem Vater aller Bäche, Flüsse und Meere. Er ist das Gegenstück zu Mutter Quelle.»

«Warum kann ich den Vater aller Bäche, Flüsse und Meere nicht hören und nicht verstehen?» fragt Samos seinen Freund.

«Es ist nach vielen hundert Jahren das erste Mal, daß er sich bei mir im Wasser zeigt. Auch ich kann ihn nicht hören. Niemand kann ihn hören. Und nur sehr, sehr wenige dürfen ihn sehen.» Der Bach spricht mit leiser, ehrfurchtsvoller Stimme weiter: «Unter uns Bächen sagt man raunend und flüsternd, seine Sprache sei die Sprache von *Ist*».

«Von *Ist*», wiederholt Samos sehr leise und spricht wie in Gedanken weiter: «Wenn das so ist, dann ist er wohl der Schöpfer allen Lebens. Und», grübelt er, «dann braucht er keine Sprache, dann ist er in allem, was ist und was wir sehen. Doch warum zeigt er mir sein Gesicht? Warum lagen seine Augen so fest auf mir? Was wollte er mir mitteilen?» Sein Freund Bach antwortet: «Ich weiß es auch nicht. Gehe mit mir zum Fluß, vielleicht kann er dir deine Frage beantworten.»

Dieses Angebot hat der Bach noch nie gemacht. Samos überlegt lange, was er tun sollte. «Ich gehe mit dir zum Fluß und werde fragen. Vielleicht weiß der Fluß, was mir der Vater aller Bäche, Flüsse und Meere sagen wollte.»

«Wirf mir ein Hölzchen zu, dann siehst du genau, wie schnell du laufen mußt, um gleichzeitig mit mir am Fluß anzukommen. Aber auch nur, wenn du so schnell sein willst wie ich.»

Samos wirft ein Hölzchen in den Bach, schon muß er laufen. Es macht so richtig Spaß, mit dem Bach Schritt zu halten. Nach einiger Zeit sagt dieser zu seinem Freund – Samos ist schon außer Puste: «Unten im Tal werde ich dann breiter und langsamer. Dort reicht es, wenn du schnell gehst.»

Es ist schon später Nachmittag; die Schatten der Bäume sind lang geworden, als Samos am Fluß steht. Der

Bach sagt zu Samos: «Wie wunderbar ist es, in eine andere Dimension hinüberzugleiten.» Und schon vermengt sich der Bach mit den anderen Wassern. Nur einige bescheidene kleine Wirbel schickt der Bach als Gruß an die Oberfläche zurück und ist ohne Ach und Weh verschwunden.

Erstaunt und sehr verwirrt blickt Samos auf die große graue Wasseroberfläche. Er hat so einen Wasserriesen noch nie gesehen. Sein Freund Bach ist weg, verschluckt von dem großen grauen Wasser, vom Fluß. «Ob Mutter Quelle weiß, was mit ihrem Bach passiert, der doch oben im Tal noch so fröhlich klar und jugendlich über Steine springt? Oder weiß das nur der Vater aller Bäche, Flüsse und Meere? Auch das werde ich fragen müssen!»

Samos wurde nun doch ein wenig traurig. Im Fluß waren vielleicht fünfzig Bäche ineinander verschlungen. Er konnte nichts verstehen. Ein wirres und gleichzeitig eintöniges Raunen hörte er, ein Gewirr von Wassersprachen. «Mit wem soll ich sprechen?» fragte er sich. «Der Fluß versteht mich nicht, und ich verstehe den Fluß nicht. Wie kann mir der Fluß Antworten auf meine Fragen geben, wenn ich seine Sprache nicht verstehe, und er meine nicht.»

Er setzt sich am Flußufer ins Gras und schaut in das graue Ungetüm. Nach langem Zögern nimmt er all seinen Mut zusammen und fragt den Fluß: «Was wollte mir *Ist* mitteilen?»

Doch der Fluß reagiert nicht. Samos hört nichts als sein Raunen und fühlt sich allein gelassen. Er spürt eine ihm bis dahin unbekannte Schwermütigkeit, die sich wie ein Schatten über ihn legt und Tränen aus seinen Augen drückt.

«Keine Antwort», denkt Samos, «was soll ich nur tun? Habe ich den Weg umsonst gemacht?»

Da hört er vom nahen Wald eine dunkle Stimme: «Samos», sagt die Stimme, «gehe wieder zurück zu deinem Freund Bach und suche nicht weiter. *Ist* ist überall. Und überall kannst du Antworten finden. Wenn deine Zeit gekommen ist, wirst du *Ist* hören und verstehen.»

Es ist, als hätten die Bäume mit Samos geredet. Die dunkle Stimme spricht nicht weiter. Im Wald ist eine unheimliche Ruhe. Keinen Windhauch, keinen Vogel hört Samos. Nicht einmal ein Rascheln von Mäusen oder Käfern ist zu hören. Samos fühlt sich nicht wohl. Angst macht sich in ihm breit. «Ich gehe zurück», denkt er und macht sich auf den Weg. Er entschließt sich, eine Abkürzung durch den Wald zu gehen.

Sicherer wäre es, dem Bachlauf rückwärts zu folgen. Samos aber will, weil er sehr enttäuscht ist, alleine sein und geht mitten durch den Wald.

Viele Tage und Nächte ist er unterwegs. Seine Abkürzung hat sich als Irrweg herausgestellt. Alles scheint ihm, nachdem die dunkle Stimme zu ihm gesprochen hat, wie tot. Kein Baum, kein Tier spricht mit ihm. Er hat sich verirrt.

Um ihn herum sieht er verschlungene Bäume, zertrampeltes Gras, dürre Blätter, Sand, Trockenheit. Natur

und Tier wollen Wasser, nur Wasser, Regen. Sie wollen lange andauernden Regen.

Ein Flimmern von Hitze, der Mund von Samos ist ausgetrocknet, das Schlucken wird ihm schwer, er hat Durst und wieder Durst. «Wann habe ich das letzte Mal aus einem Bach Wasser getrunken?» Er weiß es nicht, hat es einfach vergessen.

«Warum bin ich nur diese Abkürzung gegangen?»

Samos beginnt, sich ernsthafte Sorgen zu machen. Noch einen Tag ohne Wasser ... und seine Suche nach *Ist* ist zwangsläufig zu Ende.

«Warum bin ich nicht in meinem Tal geblieben? Wenn

Ist überall ist, dann brauche ich doch nicht die halbe Welt zu durchreisen und bis ans Meer zu wollen.»

Das Flimmern in seinen Augen wird intensiver, Samos wird immer schwächer, dunkel wird ihm … Daß er ohnmächtig wird, merkt er nicht mehr. Er fällt in eine sanfte Hülle.

Nur einige Sekunden liegt er bewußtlos da, und schon wird er von einer unsichtbaren Kraft hochgehoben und schwebt weit über den Bäumen durch die Luft zu seinem Bach zurück.

Das fröhliche Bachgemurmel und der Wasserduft wecken Samos aus seiner Ohnmacht.

«Trink Wasser», sagt der Bach freundlich. Samos trinkt die klare, frische Köstlichkeit. «Wer hat mich hierher gebracht?» will Samos wissen. «Niemand», erwidert sein Freund, «du kamst wie ein Vogel geflogen. Ich wußte gar nicht, daß du das kannst.»

«Ich wußte auch nicht, daß ich fliegen kann. Mir ist, als hätte ich einen merkwürdigen Traum geträumt.» Samos erzählt nun seinem Freund Bach, was er am Fluß und später erlebt hat.

«Auch vom Fluß konnte ich über *Ist* nichts erfahren. Er hört mich nicht, und ich verstehe ihn nicht.»

«Auf der Erde gibt es so viele verschiedene Sprachen. Die Flußsprache ist eine der kompliziertesten und sehr, sehr schwer zu erlernen», tröstet ihn der Bach. «Iß eine Kleinigkeit, dann kommst du nach einem gesunden Schlaf wieder zu Kräften.»

Samos befolgt den Rat seines Freundes und schläft nach dem Essen bald ein.

Da liegt er nun träumend im Gras. Viele Indianer-
kinder sind um ihn herum. Eine alte Indianerin sagt laut:
«Uzi buzi kehricht gluzi, si bi si und no fu tu.» Die alte
Indianerin steht auf, gestikuliert mit Armen, Beinen und
ihrem gesamten Körper und spricht weiter: «Gestik ist
Gebärdensprache, hei de dei das ist für Kinder.» Die alte
Indianerin verdreht die Augen, bewegte alle zu bewegen-
den Körperteile hin und her und fordert alle zum Mit-
machen auf.

«Schaut nur her, wie gut ihr es könnt. Wie lustig das
ist, mit Gebärdensprache zu reden, ohne etwas zu sagen
und ohne etwas zu schreiben. Wir sind die Besten beim
Gestikulieren. Uzi buzi, kehricht gluzi, si bi sie und no fu
tu.»

Samos wacht wegen dieses Traumes auf und denkt: «Schon wieder eine neue Sprache!»

Sein Freund Bach gebärdet sich fröhlich und lustig, als hätte er Samos' Traum miterlebt. Der Bach versteht auch etwas von Gebärdensprache – das weiß Samos. Aber was ist mit *Ist*?

Die unbeantwortete Frage lebt nun in ihm. Samos erinnert sich an die dunkle Stimme, die vom Wald zu ihm sprach: «Suche nicht weiter, *Ist* ist überall, und überall kannst du auch Antworten finden. Wenn deine Zeit gekommen ist, wirst du *Ist* hören und verstehen.»

Sein Freund Bach sagt ebenfalls: «Suche nicht weiter. Wenn deine Zeit gekommen ist, wenn du alt und weise bist, dann gleitest du auch hinüber in eine andere Dimension, so, wie es mir ergeht, wenn ich mich mit dem Wasser im Fluß verbinde.»

© Kore Edition, Freiburg

Kore Edition & Vertrieb GmbH & Co. Verlag
Brombergstr. 9a · 79102 Freiburg i. Br.
Tel. (+49) 0761/79 09 59 10 · Fax 79 09 59 14

Illustrationen: Regina Matt
Gesamtgestaltung: Michael Wiesinger
Lektorat u. Satz: Nicolas Weiß
Druck: KSG Elkar, Bilbao
Printed in Spain

ISBN 3-933056-04-7

ISBN 3-926023-90-2

ISBN 3-926023-91-0

ISBN 3-926023-92-9

ISBN 3-926023-93-7

ISBN 3-926023-94-5

ISBN 3-926023-95-3

«Bibi, ein Mädchen ohne Furcht und Tadel!»
Gerda Wurzenberger, *NZZ*

GÖRE BEI KORE

«Nana hat alle Abenteuer so fest
im Griff wie den Schuldirektor
Mr. Pappentea. Ein starkes
Mädchen!»
Die österreichische Frau

ISBN 3-933056-03-9

«Eine wunderschöne
Geschichte für Kinder.
Auch Erwachsene dür-
fen sie lesen. Sie müssen
nur dabei versprechen,
ganz vorsichtig zu sein
und nicht immer alles besser wissen zu wollen.»
Ingo Engelmann,
Soz. Psychiatrie

ISBN 3-933056-01-2

Göre bei Kore,
ab 10 Jahren
aufwärts und
in jeder guten
Buchhandlung
erhältlich.